AF423972

أحمد الجابري، درس في جامعة الإمارات، حاصل على درجة البكالوريوس - تخصص خدمة اجتماعية ولغة عربية كتابة.

تطوع في الهلال الأحمر في عدة دول، وهو أيضاً عضو في برنامج تكاتف، بالإضافة إلى أنه مدون إلكتروني ومصمم مواقع.

الإهـداء

أريد أن أهدي هذا الكتاب إلى والدي وبقية أفراد عائلتي.

أحمد الجابري

ابن الخليج

AUSTIN MACAULEY PUBLISHERS™

LONDON • CAMBRIDGE • NEW YORK • SHARJAH

شكر وتقدير

في بداية الأمر أريد أن أشكر والديّ اللذين ساعداني على كتابة الرواية. كما أرغب بشكر دار أوستن ماكولي للنشر على مساعدتهم لي في نشر كتابي.

الفصل الأول
هذه البداية

نعم هذه بداية قصتي. أتذكر ذلك الحلم وكأنه حدث بالأمس. لربما كان بالنسبة لي أشبه بكابوس ممزوج بالصور الضبابية التي لا أستطيع تفسيرها حتى الآن. مضت عشرون سنة على خروجي من ذلك المكان. لن أطيل الحديث كيف بدأت. نعم هكذا سنة 1986 في مدينة تسميعين في اليمن، كنت في السابعة عشرة من عمري حينما وطأت قدماي هذه المدينة. عائلتي لم تكن عائلة مثالية بل كانت عائلة مفككة. والدي مهاجر قَدِمَ من الهند وبالتحديد من مدينة دلهي. استقر في صنعاء وبعد ست سنوات تعرف على والدتي التي كانت في العشرين من عمرها. أما والدي فكان في أواخر الأربعينات. معظم الرجال يعتقدون أن الزوجة الصغيرة في السن تبقى معهم فترة أطول، ولكن أشد الأشياء التي تدمر العلاقة هو

الفارق الكبير في السن بين الزوجين. علاقتي مع والدتي كانت قوية، أما علاقتي مع والدي فلم تكن بتلك القوة، بل كانت علاقة غريبة لم أستطع فهمها حتى الآن، وأظن أن سبب ذلك يعود إلى أني حينما خرجت من أحشاء والدتي رأيت والدي وهو في آخر مراحل عمره. مع مرور السنوات كنت أزداد قوة أما والدي فكان يذبل أسرع من الموز. لم تكن والدتي تجلس في المنزل كثيراً لأنها كانت تعمل في وظيفتين؛ الوظيفة الأولى نادلة في أحد المقاهي السيئة السمعة في صنعاء، حتى إنها كانت تأتي إلى المنزل شبه مخمورة. أما الوظيفة الثانية فكانت خياطة ملابس في متجر يمتلكه رجل مسن في السبعين من عمره، محب للنساء الصغيرات.

كانت أيام الأسبوع الخمسة أسوأ أيام حياتي؛ لأنها الأيام التي تعمل فيها والدتي وتبدأ من يوم الأحد إلى يوم الخميس. كانت تخرج في الساعة الثامنة صباحاً، وترجع الساعة الثامنة مساءً. وحينما تعود تكون أشبه بشبح. كان والدي لا يهتم بطبيعة عملها، كل ما كان يكترث له هو الأموال التي تحصل عليها وزجاجات الخمر التي تجلبها بداية كل شهر.

بعد سنوات وحينما أصبحتُ في الخامسة عشرة من عمري بدأ والدي يخرج من المنزل في تمام الساعة الخامسة كل يوم

أحد ويعود يوم الثلاثاء أو الأربعاء في نفس الوقت. علمت والدتي أن هناك خطباً ما، وأظنها علمت أيضاً أن حياتها مع فيصل – الذي هو والدي – قد شارفت على النهاية، وأن العشرين سنة التي قضتها معه كانت من دون نكهة. خلال هذه الفترة كنت ملتحقاً بمدرسة التلال، وهي مدرسة إعدادية. لم أكمل المرحلة الابتدائية بالكامل، بل دخلت مباشرة إلى الصف السابع بعد أن أنهيت الصف الخامس، وعلى ما أذكر كنت في الصف الثامن حينما حلَّت مصيبة على منزلنا الصغير الموجود في بقعة خالية من البشر. جاء والدي كعادته يوم الأربعاء. كانت الساعة الثالثة فجراً. دُقَّ جرس الباب فتوجهت كالعادة لفتح الباب، ولكني حينما فتحت الباب رأيت أسوأ كابوس في حياتي. علمت أن آخر خيط يربط هذه العائلة قد قُطِع. كان والدي العجوز الذي أصبح طاعناً في السن لدرجة أن شكله أصبح أكبر بعشر سنوات من عمره الحقيقي قد أحضر معه فتاة في بداية العشرينات، وعلى ما يبدو أنها كانت تلبس خاتم والدتي الذي فُقد قبل سنة. نظر إليَّ والدي بنظراته الباردة الخالية من المشاعر، وأُخبرك عزيزي القارئ أن هذه هي نظراته المعتادة. تراجعت إلى الخلف وكأن أحداً يجرني. كانت الفتاة جميلة وشعرت أنها ليست من هذا العالم. كان شعرها

أصفر اللون ووجهها ناصع البياض خالٍ من العيوب، ولم تكن تضع مساحيق تجميل. كان جسدها منحوتاً بدقة فائقة خلاف والدتي التي كانت في الأربعين من عمرها، ومدمنة كحول لدرجة أن بشرتها أصبحت شبه ميتة، وعيناها أصبحتا حمراوتين لدرجة أنك لا ترى مقلة عينيها، وبدأت تفقد رشاقتها تدريجياً لدرجة أنها كانت على وشك أن تطرد من العمل كنادلة عدة مرات بسبب وزنها الذي كان يزداد تدريجياً. نظرتُ إلى والدي وكنت أحترق من الداخل.

لم تكن عائلتي مثالية بل كانت أسوأ عائلة يمكنك أن تتخيلها. لم نكن نخرج في نزهات، ونادراً ما كنا نجتمع في مكان واحد مرة في الأسبوع، وكان إن اجتمعنا فذلك من أجل المال. كانت حياةً مملَّة باردة من دون نكهة ما عدا الملح ولكنها آمنة. كانت علاقتي مع والدتي علاقة طبيعية؛ قبلات وبعض النقود ولكنها أفضل من علاقتي مع والدي. لطالما شعرت أن هنالك حاجزاً يفصلني ويفصل هذا الشخص الذي بدأت أشك أني أنتمي إليه. خرجت والدتي من غرفتها وأصبحت ووجهها لوجه مع العروس الجديدة، فخرجت من المنزل الذي كان أشبه بجحر حيوان بري.

الفصل الثاني
تقبل حياتك الجديدة

وحرارة تنبعث من جسد واحد. تلك كانت والدتي وقد حاولت قدر المستطاع أن تكبح شياطينها ولكن لن أنسى ذلك الوجه، وجه أحمر وعينان أشد احمراراً، أعصاب تكاد أن تتقطع، حينما تستيقظ شياطينك يصعب إرجاعها إلى النوم. تراجعت والدتي إلى الخلف وتوجهت إلى غرفتها، حزمت حقائبها ونظرت إليَّ، وبما أن الأم والابن مرتبطان في الروح فقد استطعت أن أقرأ أفكارها. كانت وكأنها تقول لي: "اذهب واحزم حقائبك، لم يعد لنا مكان". حزمت حقائبي وبقِيَتْ عليَّ خطوة مغادرة المكان. رميت الصحيفة من يدي حتى إني لم أنتهِ من قراءة خبر القاتل المتسلسل الذي هرب قبل أسبوع من تنفيذ حكم الإعدام عليه. كان والدي يحدق بي بنظرات مترددة. كان يريد أن يودعني، ولكنه كان رجلاً لا يحب أن يظهر مشاعره.

خرجنا من المنزل وانطلقنا إلى العالم الخارجي وتوجهنا إلى قرية تبعد عن العاصمة أربعين كيلومتراً. لا أذكر اسم تلك القرية. نزلنا من سيارة الأجرة وقامت والدتي بمحاسبة سائق الأجرة. بالطبع من الصعب أن أتذكر المبلغ الذي دفعته، ثم سحبنا حقائبنا الثقيلة. كانت قرية صغيرة تتألف من عشرين منزلاً. كانت معظم المنازل مصنوعة من الطين، وكانت تعتمد على الزراعة، وبالتحديد زراعة التوابل. كانت شوارع القرية خالية من البشر ومليئة بالأبقار والقطط. وصلنا إلى منزل طيني كان لونه مختلفاً عن بقية المنازل، فيبدو أنه مائل إلى اللون البني.

دقَّت والدتي الباب، وقامت امرأة شابة بفتحه ثم عانقت والدتي وقبلتني على خدي. قالت والدتي: "إن هذه خالتك بلقيس". في الحقيقة انتابتني الدهشة، فقد ظننت أن والدتي لا تمتلك أسرة، ولكن بعد تفكير اكتشفت أن جميع البشر يمتلكون شخصاً من نفس دمائهم. كان منزلاً من طابق واحد يشبه منزلنا؛ ثلاث غرف وحمامًان. وكانت خالتي تعيش مع زوجها الذي لم أقابله ولم أعرف اسمه. كل ما عرفته أنه تاجر توابل يعمل في السعودية وبالتحديد في جدة. كانت خالتي وحيدة في المنزل، وكان المكان مملوءاً بتماثيل هندية. وعلى ما

أذكر أني قمت بسؤالها سؤالين: "لماذا تحتفظين بهذا العدد الهائل من التماثيل؟ ولماذا جميع التماثيل مؤنثة؟"، فلم تجبني بل ابتسمت. والسؤال الثاني كان عن الغرفتين الإضافيتين، فقالت لي: "هناك أحد غيري يعيش في هذا المنزل، لا تبحث عنه لأنك لن تراه، هو يراك". وبعد أن قالت هذه الجملة لم أستطع النوم في تلك الليلة.

كانت الحياة في المنزل هادئة وكانت والدتي وخالتي تجلسان وتتحدثان عن ذكريات الماضي ومغامرات الطفولة. كنت أستمع إلى حديثهما وأدركت أن الجميع لديه مغامراته الخاصة إلا أنا. كنت أتمنى أن تكون حياتي أكثر إثارة. كنت أتمنى أن أتعرف على أصدقاء جدد أو أن أحفظ جدول الضرب أو أن أعود إلى المدرسة. كنت أرغب أن أغيّر حياتي، أن أكون مراهقاً طبيعياً بحياة طبيعية ومشاكل مراهقة. وفي ليلة الرابع من مارس وبعد أسبوع قالت والدتي إنه من الأفضل أن نغادر. أصرَّت خالتي على أن نبقى أسبوعاً آخر على الأقل، لكن والدتي عقدت عزمها على أن نغادر بعد يومين إلى عين اليمن. في تلك الليلة صلَّيت صلاة الفجر وكانت هذه أول مرة أصلي بها. كنت أشاهد خالتي وهي تصلي نوعين من الصلوات: الصلاة الأولى كانت تتضرع فيها إلى من في السماء والصلاة الثانية كانت

تتضرع فيها لتمثال. لم تكن والدتي مهتمة بالصلاة ووالدي لا يعرف معنى كلمة دين. في تلك الليلة سجدت أول سجدة لي، تضرعت إلى الله أن يمنحني حياة صاخبة، تمنيت أن أعيش مغامرتي الخاصة، مغامرة كمغامرات الأبطال.

الفصل الثالث
وداع من دون مقدمات

توجهنا في الصباح الباكر إلى سوق القرية، وهو سوق شعبي يتوسط القرية. قامت والدتي بشراء بعض الطعام المعلَّب والخضار وبعض الفواكه وحقيبة جديدة مصنوعة من القماش. وعقدت صفقة مع أحد سائقي الشاحنات أن تعطيه ثلاثمائة ريال من أجل إيصالنا إلى عين اليمن.

عدنا إلى المنزل تمام الساعة الثامنة مساء بعد أن قضينا نصف النهار ونحن نتجول في الأسواق.

قالت خالتي: العشاء جاهز.

كان العشاء تقليدياً؛ عدس وبعض الجبن والعسل والخبز.

انتهينا من الطعام وقلت **لخالتي**: ألا تشعرين بالوحدة لأنك تعيشين لوحدك؟

نظرت إليَّ وابتسمت: ومن قال إني أعيش لوحدي؟ ألم أخبرك أن هناك شخصًا غيري يعيش في هذا المنزل؟

قلت لها: هل أستطيع أن أراه؟

قالت لي: ربما إن كنت شخصاً مميزاً.

قاطعت والدتي حديث خالتي الذي أصبحت أنجذب نحوه تدريجياً **وقالت:** توقفي، لا أريده أن يكون مثل والدي! ألا يكفي أنه خسر حياته بسبب تلك الصفقة القذرة. أرجو ألا تكوني قد أدمنت على قراءة ذلك الكتاب. إن عرف أهالي القرية أنك تنتمين إلى تلك المجموعة فسوف يقومون بحرقك.

قلت لوالدتي: أيُّ مجموعة؟

قالت خالتي: المجموعة المحرمة التي تحدَّت قوانين البشر والتي سوف...

قالت والدتي لها: هذا يكفي، لا تفتحي هذا الموضوع مجدداً.

نهضت والدتي وأمسكت قميصي وسحبتني نحو الغرفة. كانت ليلة هادئة. استيقظت في تمام الساعة الثالثة فجراً وأنا أسمع أصوات نباح. لم يكن كلباً، بل كان أشبه بإنسان ينبح! تغلَّب عليَّ جِنِّي النوم وعدت إلى العالم الآخر. استيقظت في

الصباح الباكر على صوت صياح ديك وأصوات البشر وهم يتحدثون بالقرب من منزلنا.

جلست إلى مائدة الطعام وكانت والدتي نائمة. اقتربت خالتي مني **وقالت لي:** إن رحلتك لن تكون سهلة، مستقبلك القريب مليء بالظلام، أما مستقبلك البعيد فهو مشرق؛ القدر ينتظرك. السؤال هو وهل تستطيع أن تتخطى الظلمات وتصل إلى النور؟

ثم وضعت يدها في جيبها وأخرجت حجراً صغيراً أزرق اللون مدبب الرأس، أقرب ما يكون لشكل الهرم ووضعته في يدي **وقالت:** هذا الحجر سيكون بمثابة المصباح الذي ينير لك الطريق حينما تصل إلى ذلك المكان.

قلت لها: عن أي مكان تتحدثين؟

أخذت الحجر من يدي ووضعته بسرعة في جيبي. تقدمت والدتي وجلست بالقرب مني.

أكلنا الطعام **وقالت أمي لخالتي:** كنت أفكر بذلك الشيء، هل ما زال معك؟

أجابت خالتي: عن أي شيء تتحدثين؟

- أتحدث عن الحجر الأزرق الصغير الذي أعطاني والدي إياه لأني البنت الكبرى والذي أعطيتك إياه.

نظرت إلى خالتي، واستطعت أن أقرأ أفكارها وكأنها كانت تقول لي: "لا تنطق بأي حرف"، وقالت: في الحقيقة لقد أضعته، لماذا؟ كنت تريدينه؟

- أنتِ لا تحافظين على أي شيء! ولكن أظن أنه من الأفضل أن يضيع. وإذا وجدتِه فتخلَّصي منه.

- ولكنه إرث عائلي.

- إنه ليس إرثاً بل هو لعنة ذلك الشيء. صمتت وكأن شيئاً قام بالإمساك بلسانها، ثم أكملت كلامها: لا عليكِ كل ما كنت أريده منك هو أن تتركي هذه الحياة.. العالم ينمو ويجب أن ننمو معه، الشخص الذي يبقى مكانه يذبل ويموت. لقد اخترت حياتك وقمت أنا باختيار حياتي. لم تكن حياتي مثيرة ولكنها على الأقل كانت شريفة.

نظرَت والدتي بغضب نحو خالتي وشعرت أن قنبلتين موقوتتين على وشك الانفجار. هناك الكثير من الأشياء التي يجب على الإنسان أن يهرب منها؛ على سبيل المثال القتال الذي ينشب بين الأخوات.

نهضت والدتي وقالت: هيا، فلنحزم حقائبنا. لقد تغيرت الخطة، سوف نغادر اليوم.

قلت لها: ولكنك قلت "غداً"!

قالت لي: غداً سوف يكون الطقس ممطراً، وأشعر أني سوف أرتكب جريمة إن بقيتُ حتى الغد.

وضعنا حقائبنا وقبل خروجي من الباب أمسكت خالتي بيدي وهمست في أذني **وقالت**: مهما حدث لا تخبر أحداً أنك تمتلك هذا الحجر. هذا الحجر لن ينير طريقك فقط؛ بل أيضاً سوف يقوم بإنقاذ حياتك، سوف يعيدك إلى عالم حقيقي، اجعله بجانبك دائماً.

خرجت ولم تودع والدتي خالتي. نظرت خلفي وأنا أبتعد عن المنزل بخطوات سريعة، ورأيتها تنظر إليَّ نظرات لم أستطع تفسيرها إلا بعد سنتين. وصلنا إلى شاحنة الرجل وركبنا. انطلقت الشاحنة وجلست بالقرب من السائق، أما والدتي فركبت خلفي مباشرة. فتحتُ إحدى الروايات التي اشتريتها من السوق وبدأت بقراءتها. في تلك الفترة كنت أتمنى لو أني أستطيع أن أقرأ كل الكلمات، ولكن بما أني دخلت مدرسة حكومية والمدراس الحكومية تعلِّمك فقط كيف تدافع عن نفسك وتتبع القواعد، كنت أحدث نفسي دائماً وأقول: (إن القراءة هي السلاح الوحيد القادر على تغيير العالم، والكتابة هي الشيء الوحيد القادر على تطوير العالم).

كان سائق الشاحنة رجلاً مسنًّا على ما أذكر، ويبدو أنه في الستينيات من عمره. كل ما أتذكره شاربه الأبيض الكثيف الذي كان يغطي نصف وجهه، والسيجارة التي كان يقضي نصف ساعة في تدخينها. توقفنا قرب محطة للوقود تبعد عن القرية أربعين كيلومتراً، وقمنا بتعبئة الوقود. وقال السائق إنه سوف يدفع نصف تكلفة الوقود. قالت والدتي إنها لن تدفع أي ريال إلا بعد أن نصل إلى عين اليمن. أصر السائق على طلبه وبدأ بخلق الأعذار. بعد ربع ساعة دفعت والدتي. أخبرت والدتي أني سوف أذهب إلى دورة المياه فوافقت وكعادتها قامت بتوقيت ساعتها. **قالت لي:** أمامك خمس دقائق، لا تتأخر.

وصلت إلى بيت الراحة وكانت دورة مياه واحدة تتسع لشخص أنحف من عود. دخلت بصعوبة وحينما أغلقت الباب تعطل المصباح. في تلك اللحظة كانت حاسة واحدة تعمل لدي وهي حاسة الشم، وكل ما استطعت شمه هو القاذورات. وحينما انتهيت من قضاء حاجتي بدأ ضوء أزرق اللون ينساب من جسدي. تتبعت مصدر الضوء حتى وصلت للجيب الأيسر من البنطال. وضعت يدي وتفاجأت أنه الحجر. كان يصدر ضوءاً قويًّا كالمصباح أو "الفلاش"، شعاعاً أزرق. كنت أرغب أن أخبر أمي عن الحجر فأنا أظن أنها تعلم الكثير عنه ولكني

تذكرت كلام خالتي. خرجت وحينما سقطت أشعة الشمس على سطح الحجر اختفى الضوء الأزرق. سمعت صوت والدتي فأعدت الحجر إلى جيبي. انطلقت الشاحنة واستغرقت الرحلة ساعات طويلة، وبدأت أتجول ما بين عالم الأحلام والعالم الحقيقي. توقفنا قرب أحد المطاعم الشعبية وأصبحنا الآن في منطقة لا يُرى فيها أي نوع من الحياة، فقط رمال ورمال. قال سائق الحافلة إنه سوف يذهب لكي يستنشق بعض الهواء. توجهت أنا ووالدتي إلى الداخل. كانت رائحة المطعم غريبة لا أستطيع وصفها؛ كأنها رائحة الكحول الممزوج بتبغ رخيص. أخذنا طلبنا من العامل الوحيد الذي كان يعمل، وعلى ما أذكر أن الطعام لم يعجبني. خرجنا من المطعم وتأخر السائق فجلسنا على الكراسي التي كانت خارج المطعم. مرت ساعة وبعدها ساعتان وبعدها ثلاث. انزعجت والدتي **وقالت لي:** "انتظرني هنا، سوف أذهب للبحث عنه". جلست أحدِّق بالغيوم وبدأ صرير يصدر من جيبي فعلمتُ فوراً أنه الحجر. أخرجته ويبدو أنه هذه المرة يصدر شعاعاً أحمر اللون، وكلَّما حدَّقتُ بالشعاع كلما تسارعت دقات قلبي. سمعت صوت صراخ صادر من خلف المطعم فتوجهت مسرعاً إلى مصدر الصوت. رأيت والدتي بالقرب من شخص يسبح بالدماء،

وحينما اقتربت من الجثة اكتشفت أنه السائق! كانت الدماء تنساب من عنقه بغزارة.

اقتربت والدتي منِّي وغطَّت عيني وسحبتني إلى باب المطعم ودقت الباب عدة مرات ولكن يبدو أن المطعم قد أغلق أبوابه.

قالَت لي: لا تقلق، كل ما علينا فعله أن نجد أقرب هاتف ونتصل بالشرطة.

قلت لها: إننا الآن في مكان مقطوع عن العالم والحل الوحيد للخروج من هنا هو الشاحنة.

صمتت قليلاً ووجَّهت نظرها إلى الغيوم وقالت: نعم، أنت محق. ولكن علينا أن ندفن الجثة.

- ماذا عن الشرطة؟!

- اسمع يا ولدي، هناك الكثير من الأمور التي سوف تتعلمها في الحياة، على سبيل المثال، لا تقم أبداً بأخذ جثة معك مهما كانت عزيزة عليك.

أخرجنا بعض المعدات من الشاحنة وربطنا الجثة بحبل وسحبناها مسافة عشرة إلى خمسة عشر كيلومتراً. حفرت والدتي حفرة وألقت بالجثة، فيما كنت أراقب الجثة من مسافة ليست ببعيدة. أغلقَتْ الحفرة وبدأت بتوزيع الرمال

حول القبر وقالت: هيا، اركب قبل أن تستيقظ بقية المخلوقات.

قلت لها: عن أي مخلوقات تتكلمين؟

قالت لي بصوت حازم: هل كنت تعتقد أن البشر والحيوانات هم المخلوقات الوحيدة؟ اركب هيا!

انطلقنا إلى المجهول ومضت ربع ساعة وبعدها بساعة غادَرَتِ الشَّمسُ وحلَّ الليل، وكان كل ما كنت أراه هو الرمال. نظرت إلى والدتي وقلت لها: هل تعتقدين أن كل ما يحدث لنا هو بسبب القدر.

قالت لي: إننا نصنع القدر.

بدأت سرعة الشاحنة تنخفض تدريجياً: مئة، ثمانون، خمسون. لماذا تنخفض سرعتنا؟ **صرخَتُ والدتي بقوة:** اللعنةّ لقد نفد الوقود. ظننت أنه قام بتعبئة الخزان بالكامل.

نظرتُ إلى المؤشر وقلتُ لها: لا أعتقد أن السبب هو الوقود. إن المؤشر يشير إلى الأعلى، وهو بعيد جداً عن العلامة الحمراء.

أوقفت والدتي الشاحنة وقالت لي: ابقَ هنا، سوف أتفقَّد الأمر. نظرت من زجاج النافذة فإذا بي أرى مجموعة من الظلال البعيدة تتكون وسط الصحراء. كان ضوء القمر يعطي هذه الظلال، أشكالاً سحرية وغريبة.

- انزل يا أحمد. نزلت. **فقالت لي**: انزل أسفل الشاحنة وتفقد الوضع.

تفحصت الشاحنة من الأسفل فإذا بالعلبة التي قرب فوهة الوقود منشقة. قلت لها إن هناك شيئاً منشقاً بالقرب من المكان الذي يخرج منه الدخان.

- اللعنة لا بد أن صخرة قد خدشتها، انتظرني هنا سوف أتفحص الشاحنة إن كانت تحوي على بترول أو شيء ينجينا من هذه المصيبة. لماذا يحدث كل هذا لنا؟

بدأت والدتي تبحث في الشاحنة. وبعد دقائق بدأ نداء الطبيعة يناديني! **قلت لها**: سوف أذهب لكي أقضي حاجتي.

- حسناً، ولكن لا تبتعد كثيراً، ونظِّف نفسك.

مشيت ومشيت حتى اختفت الشاحنة. كان ضوء القمر يغطي عشرات الكيلومترات، ذلك الضوء الأزرق الممزوج بلون الرمال. كانت رمال الصحراء تلمع كالألماس. توقَّفت بالقرب من إحدى الصخور وفتحت بنطالي وأخرجت الطاقة السلبية المحبوسة في جسدي. بدأ شعور بالراحة ينتابني... نظَّفت نفسي، وأغلقت البنطال وخرجت من خلف الصخرة فإذا بي أرى شخصاً من بعيد. في البداية ظننت أنها والدتي، ولكن حينما أصبح القمر يغطي نصف جسده أدركت أنه ليس

إنساناً. كان طويل القامة يلبس عباءة سوداء، عينه اليمنى حمراء أما عينه اليسرى فيغطيها سواد. وجهه أبيض شاحب، ولون فمه أزرق ومن دون أنف. كانت العباءة تغطي كل أنحاء جسده وطوله يتعدى المترين. كان ينظر إليَّ مباشرة. هبت ريح قوية فجأة وبدأ الهواء يدخل في أذني وبعد ثوانٍ أُصبت بصداع لا يحتمل فسقطتُ على الأرض من شدَّة الألم. حاولت أن أتماسك ووجهت نظراتي إلى ذلك الشخص الذي بدا أن ابتسامة زرقاء اللون قد رسمت على وجهه. بدأ صوت قوي يهمس في رأسي: "سوف تفقد نورك وتصبح أسير الظلام. غداً هي بدايتك. غداً سوف تعرف حقيقة الحياة وحقيقة نفسك".

اختفى الصوت والصداع وكذلك الريح القوية. نهضت بسرعة ونظرت ولكن كان الشخص قد اختفى. بدأت دقات قلبي تتسارع وشعرت أن روحي بدأت تتحرك في داخلي، شعرت أني عدت إنساناً. جريت مسرعاً ووصلت إلى الشاحنة وعانقت والدتي وحكيت لها ما رأيت. حاولت تهدئتي وقالت: لا بد أن هذا وهم، لا تقلق، لا تخف. وبدأت تحضنني بقوة وبدأت أصوات الذئاب تصدر من بعيد. فقالت: يجب علينا أن ندخل إلى الشاحنة. دخلنا الشاحنة وأغلقنا الأبواب حتى إننا وضعنا وسائد بالقرب من الأبواب ونمت في أحضان والدتي.

بدأت أشعة الشمس تنساب تدريجياً من الأفق حتى وصلت إلى عيني. نهضت ونظرت حولي فلم أجد إلا نفسي في الشاحنة. **قلت في نفسي:** (إذاً لم يكن حلماً).

- هل استيقظت أخيراً؟ كيف كانت أحلامك يا بني؟

كانت والدتي قد جمعت أعواداً من الحطب وأشْعَلَت بها النار وبدأت بتحضير الحليب وبعض الخبز على الخشب.

قلت لها: ليلة من دون أحلام.

قالت: إن الشخص الذي لا يحلم لا يمتلك خيالاً. أنا متأكدة أن خيالك يفوق خيال أي شخص لا سيما بعد القصة التي حكيتها لي بالأمس.

- عن أية قصة تتحدثين؟ (بدأتُ بالتذكر)، نعم تلك القصة ولكنها كانت حقيقية.

- إن الأحلام تحوّل الحقيقة إلى خيال يا بني وليس الخيال إلى حقيقة. اذهب إلى خلف الشاحنة وستجد قارورة مياه، قم بغسل وجهك وتعال لتناول الفطور.

غسلتُ وجهي وبدأت أتساءل: (هل حقاً كان خيالاً؟) أدخلت إصبعي في أذني وحاولت استخراج بعض التراب كدليل ولكنها كانت نظيفة. **قالت والدتي:** هل انتهيت؟

- نعم لقد انتهيت.. كيف استطعت تحضير كل هذا؟

- لحسن الحظ وجدتُ في عربة الشاحنة بعض الأخشاب والطحين وعلبَ حليب قديمة. لا تقلق تفقدت تاريخها. سوف تنتهي بعد شهر وأنا آمل أن نصل أو على الأقل نخرج من هذا المكان. لحسن الحظ أننا في يناير، لو كنا في مايو لاحترقنا من أشعة الشمس.

- هل وجدتِ طريقة لإخراجنا من هنا؟

- للأسف أقرب شارع يبعد عنا أربعين أو خمسين كيلومتراً! انظر إلى الخريطة.

- وأين نحن الآن؟ إننا تقريباً في هذه المنطقة. هل ترى ذلك الجبل البعيد في الأفق؟

- نعم، إني أراه. إنه الجبل الوحيد هنا.

- انظر إلى الخريطة.. إنه نفس الجبل.. لسوء الحظ الخريطة مكتوبة بلغة تصعب قراءتها. لا بد أن ذلك العجوز يجيد التحدث بها. إنهِ طعامك؛ لأننا سوف نذهب الآن.

- إلى أين؟

- إلى ذلك الجبل. لا تطفئ النار. سوف نحتاجها لتدلنا على طريق العودة. ضع المزيد من الأخشاب. سوف أقوم بثقب علبة البنزين ووضعها بالقرب من النار. سوف تساعد قطرات البنزين على زيادة اضطرامها.. خذ بعض الطعام.

- ولكن هذا الطعام كان من أجل الطريق.

- إننا بحاجة إلى كل شيء. نحن الآن في وسط مجهول. بالأمس ارتفعت فرصة موتنا واليوم سوف ترتفع أكثر.. هيا ضع الحقيبة ولننطلق.

قمت بإغلاق باب الشاحنة وانطلقنا وسط الرمال. كانت الرياح الباردة المنبعثة من اتجاه الجبل تنعش بشرتنا وتزيد طاقتنا.

الفصل الرابع
المشي من أجل الحياة

الألم والألم.. ينبعث إلى جميع أنحاء جسدي. أحاول قدر المستطاع البقاء واقفاً على قدمي مئات الأمتار وبعدها عشرات الكيلومترات. كنا نقترب من الشمس ولكنها كانت تبتعد عنا. توقفنا قرب واحة صغيرة كانت تتألف من تسع أو عشر أشجار لم أستطع التعرف عليها، وبركة صغيرة تتوسط الواحة.

قالت والدتي: اذهب إلى البركة واملأ زجاجتي الماء هاتين، سوف نحتاجهما.

قلت لها: إلى متى سوف نستمر بالمشي؟ لقد بدأت رجلاي تؤلماني وأصبح وجهي أكثر سواداً.

- الخريطة تشير أننا نبعد عن الجبل عشرين أو خمسة وعشرين كيلومتراً.

- وما الفائدة من ذهابنا إلى ذلك الجبل؟

- انظر إلى ذلك الجبل، يوجد أسفله طريق سريع، والآن هيا، علينا أن نصل قبل غياب الشمس.

اقتربت من البحيرة وملأتُ الزجاجة الأولى وبعدها الثانية. أغلقت الزجاجة الثانية ووضعت يديّ في الماء وغسلت وجهي. نظرت إلى المياه العذبة؛ كانت صورتي تتحول تدريجياً حتى أصبحت قريبة من صورة رجل العباءة، فابتعدت مباشرة عن المياه.

- ماذا بك؟

- لا شيء، مجرد حشرة.

- هيا أسرع؛ فليس لدينا الوقت.

غادرنا الواحة وعيناي تنظران مباشرة باتجاه الواحة.

- أليس من الغريب أن توجد واحة في هذا المكان.

- ليس بغريب... اسمع يا بني، الطبيعة دائماً تساعد الإنسان لأن الإنسان جزء منها. أجسادنا مصدرها الأرض أما أرواحنا فمصدرها السماء.

الشمس تختفي في الأفق تدريجياً. كانت تودعنا والجبل يعانقنا، أصبحنا الآن على مسافة كيلومتر أو أقل. كان الجبل شامخاً، أعظم جبل رأيته في حياتي وما زلت حتى الآن أظن أنه الأعظم رغم أني زرت في الآونة الأخيرة العديد من الدول

وتسلَّقت العديد من الجبال كجبال الألب والهملايا والقوقاز. أصبحنا الآن بالقرب منه. كانت مجموعة من الأشجار تحيط بالجبل.

قالت والدتي وهي تنظر إلى الخريطة: حسناً، أين الطريق الآن؟ من هنا. ها هو الطريق السريع. يبدو أنه أقدم طريق سريع. لا بد أن عمره تجاوز الخمسين أو أكثر.

نظرت إلى والدتي **وقلت:** ماذا الآن؟

- الآن ضع الحقيبة ولنأكل بعض المعلبات. آمل أن يساعدنا الطعام على تخطي الوقت.

بعد دقائق انتهينا من أكل آخر علبة. كانت معدتي على وشك أن تنفجر.

- والآن ماذا؟

- انظر لقد جاء منقذنا.

كانت سيارة كاديلاك سوداء تتقدم ببطء من خلف أشعة الغروب وكانت تعود لحقبة الستينيات.

الفصل الخامس
الصديق الأول

كانت سيارة الكاديلاك تصدر صوتاً عالياً شبيهاً بصوت محركات الطائرات، وكان الدخان الذي تصدره يغطِّي كل ما خلفها. بدأت والدتي تشير للسيارة، في البداية رفعت يدها اليمنى وبعدها اليسرى، كانت فرحتنا لا تصدق، لقد جاء منقذنا المرسل من السماء. توقفت السيارة بالقرب منا، وبالقرب من قدمي، فُتِحت النافذة ونظر السائق إلينا، رجل في منتصف الأربعينيات ذو لحية سوداء كثيفة وشارب أشد كثافة، يلبس نظارة سوداء ولا يوجد شعر على رأسه. **قال لي:** ما الذي تفعلانه هنا؟ شرحت والدتي الذي حدث لنا. ابتسم السائق وقال: اركبوا، أرشدوني إلى شاحنتكم. فرحت والدتي وركبنا السيارة. كانت تفوح رائحة النيكوتين من داخلها. ركبت بالقرب منه، أما والدتي فركبت في الخلف. **قال الرجل:** ما

اسمك يا فتى؟ أخبرته باسمي. **قال:** يبدو أن والدتك قد سردت ماذا حدث لها ولكنك لم تسرد ما الذي حدث لك.

تدخلت والدتي **وقالت:** عن ماذا تتكلم؟

ابتسم السائق: لا عليك، لا شيء. صمت قليلاً **وقال:** ما هي خطوتك التالية؟ أعني ما الذي سوف تفعلينه في عين اليمن؟ هل تعرفين أحداً هناك؟ هل لديك مكان لكي تقيمي فيه؟

- لا تقلق بشأن هذا. لدي الكثير من الخطط التي أنوي تنفيذها حينما أصل إلى ذلك المكان. هناك شيء آخر، هل جميع السائقين الذين يمرُّون من هذا الطريق فضوليون مثلك؟

- لا، ليس الجميع، ولكن أي رجل سوف ينتابه الفضول حينما يسمع بقصة امرأة تركت بيتها وزوجها من دون طلاق أو سبب مقنع وحياتها من أجل الذهاب إلى المجهول. ألا تظنين أن هذا شيء غريب؟

- كم تريد من المال مقابل أن تغلق فمك؟

- أنا مجرد رجل نبيل يحب مساعدة امرأة وسط المجهول وعلى ما يبدو أنك سيدة عاشت حياتها وسط الرجال وعرفت كيف تتعامل معهم.

وصلنا إلى موقع الشاحنة. نزلنا من السيارة وتفحص الرجل الشاحنة وقال: حتى إن ملأتِها بالوقود فمن المستحيل أن تصلي إلى وجهتك التي تبعد على الأقل خمسين كيلومتراً. هناك شيء آخر لم تخبريني به، وهو كيف حصلتِ على هذ الشاحنة؟ لا أظنها تعود إليك لأن جميع الحاجيات الموجودة في داخلها للرجال؛ ماكينة حلاقة، رغوة حلاقة، وعطر رجالي رخيص وبعض الحاجيات التي يجب على كل رجل بالغ أن يمتلكها.

- إنها لزوجي.

- أو لم تقولي أن زوجك عجوز ولا يعمل؟

- إنها تعود إلى صديقة.

- حسناً، سوف أحاول أن أصدق كلامك. أمامكما خياران: الأول أن أعطيكما بعض الوقود لكي تصلا لأقرب محطة بترول والتي تبعد عشرين كيلومتراً، ربما تصلان وربما لا. الخيار الثاني أن تذهبا معي.

قالت والدتي: ولكننا لا نعلم وجهتك! وأيضاً لا نعلم من تكون! لماذا لا تنزع نظاراتك عن وجهك لكي أرى تفاصيل وجهك بوضوح.

تراجع الرجل إلى الخلف قليلاً **وقال:** لا أستطيع نزع النظارات. فقد قمت مؤخراً بعملية لإزالة الماء المتراكم في عيني اليسرى ونصحني الطبيب أن أبقي النظارات على الأقل لمدة شهر. لا تقلقا. أريد الذهاب إلى إحدى القرى القريبة من عين اليمن. سوف أنزلكما بمحطة الحافلات التي تبعد كيلومترات قليلة عن مركز المدينة. ما رأيكما؟

نظرت إليَّ والدتي: حسناً، لا بأس. لا أريد أن يموت ابني من الجوع والليل يوشك أن يهبط. لا أريد قضاء ليلة أخرى.

قال الرجل لي: أيها الفتى، ألا يوجد لديك رأي؟

قلتُ: أنا موافق.

عقَّب الرجل: حسنا إذاً، اركبا السيارة. سوف أذهب لإخراج حقائبكما.

ركب الرجل وحينما صعد **قلتُ له:** لقد سألتني عن اسمي وأظن أن من العدل أن أسألك عن اسمك.

قال: معك أبو سامي.. اسمي رعد وكنيتي أبو سامي. إني أعمل في إحدى شركات الأدوية الأجنبية، أوصل الحقن والضمادات وبعض الأدوية للمستشفيات التي تقع في القرى، ومهمتي التالية إيصال هذا الصندوق الذي تحت رجليك إلى مستشفى الأطفال في قرية رمال.

انطلقت السيارة.. بدأ الرجل يتحدث عن مغامراته والمواقف المضحكة التي حصلت معه خلال فترة تجوله في الصحراء. لم يثر أي شيء فضولي ما عدا شيء واحد ألا وهو أن هذا الرجل قد تجول في معظم قارة آسيا. لقد زار الأردن والسعودية والإمارات وكذلك الهند.

قلت له: هل صحيح أن الشخص الذي يسافر كثيراً تتغير طريقة تفكيره وتتغير شخصيته؟

قال لي: السفر هو تجديد وشحن لروحك، هل تريد أن تسافر يا فتى؟ لا تقلق، والدتك السمينة قد غطت في النوم، انظر إليها.. أجبني بصراحة، لا يوجد خجل بين الرجال.

قلت له: بالطبع إني أنوي السفر، لقد مللت من حياتي.. لا يوجد شيء مثير في حياتي ما عدا الصمت.

نظر إلي وقال: حسناً، لا تحكم على حياتك من الآن، ما زلت طفلاً.. أخبرني كم عمرك؟

- خمس عشرة سنة.

- مهما كانت حياتك فعليك أن تعيش هذه المرحلة بابتسامة، كل مرحلة من مراحل حياة الإنسان لها ميزاتها وعيوبها. هذه الحياة ممزوجة ما بين الجحيم والجنة. في بعض الأحيان ينتابك شعور كأنك قد فزت بكلِّ شيء، وفي بعض

الأحيان تظن نفسك قد خسرت كل شيء. اليوم تتمنى الموت وغداً تتمنى أن تعيش ألف سنة.

- وكيف أستطيع تخطي هذه الظروف؟

ابتسم الرجل وظهرت أسنانه الصفراء..

- فقط افعل هذا.. أخبرني، هل تظن أن والدتك بكامل عقلها؟

- ما الذي تعنيه؟

- أعني أن قصتك تكاد تكون سخيفة؛ فمهما كان السبب وأيضاً هناك شيء آخر؛ أظن أن والديك أصبحا متعادلين. مهما كانت الزوجة سمينة أو غير جميلة فإن الرجل سوف يحبها إذا كانت تحت تصرفه. أما إن كانت مثل والدتك تقضي النهار مع الرجال والليل مع الرجال فإن أي رجل سوف يخونها. انظر إلى الجانب المشرق، لم تحدث جريمة شرف. (في تلك المرحلة لم أكن أعلم ما هي جريمة الشرف). أخبرني يا فتى، هل حدث لك شيء مثير في رحلتك القصيرة، أعني أني قابلت الكثير من الأطفال المشردين والأغنياء، ولكنك شخص مختلف. أنت لا تقود حياتك.

- ومن إذاً يقود حياتي، هل تعني والدتي؟

- لا، إن حياتك تقاد من قبل شيء عظيم ألا وهو القدر، القدر، نعم إني أشعر أنك مختلف وأظن أنك أيضاً تمتلك شيئاً مختلفاً. أنت غريب عن هذا العالم.

وضعت يدي في جيبي، وقبل أن أخرج الحجر استيقظت والدتي **وقالت**: افتح النوافذ أكثر، لقد مت من الحر.

ابتسم الرجل كعادته وتصرف كرجل مهذب وفتح النوافذ.

- سيدتي، هل سمعت من قبل عن حجر سحري غريب يخرج الإنسان من عالم الأحلام ويعيدها إلى عالم الحقيقة. معظم الناس يسمونه حجر الحقيقة.

قلت في نفسي: (حجر الحقيقة...!)، مرَّت ثلاثون ثانية تقريباً من دون أن تنطق والدتي. كان الرجل ينتظر جوابها بفارغ الصبر حتى إن عضلات وجهي كانت تتحرك من الحماسة.

أجابت أمي: لا لم أسمع عنه.

فقال لها الرجل شارحاً: يقولون إنه حجر يعود إلى ألف سنة مضت، صنعه أحد حكماء الجن، ولكن ذلك الحكيم لم ينتهِ من صنعه؛ لهذا أسس طائفة دينية من البشر وأمرهم أن يكملوا صناعة هذا الحجر. يقولون إن هذا الحجر هو كالمفتاح الذي يفتح البوابات التي تفصل عالمنا عن عالمهم، وأيضاً يعيد الإنسان إلى عالمه الحقيقي. كل ما عليك فعله هو أن تظهر

الحجر من جيبك وسوف يكشف الستار وسوف تراهم، حتى إنه يقال أنهم يعلمون أنك تراهم.

قالت والدتي بصوت حازم: هذا يكفي، نحن أسرة علمانية متفتحة لا نؤمن بهذه الخزعبلات.

قلت له: وهل كان الحجر كبيراً حينما صنع؟

- تقول الأسطورة إنه كان حجراً يتعدى حجمه الجبل. ولكن قد قاموا بتصغيره.

- هل توجد تكنولوجيا في ذلك الوقت قادرة على فعل هذا؟

- التكنولوجيا السابقة تفوق أي تكنولوجيا حديثة؛ فمهما تقدم الإنسان فإنه سوف يظل بالمرتبة الأخيرة من بين الفصائل العاقلة.

- ماذا عن الطائفة، هل تعلم شيئاً عنها؟

قالت والدتي: هذا يكفي، هل صدَّقتَ ما يقوله هذا الرجل؟

قال الرجل: جماعة معبد الشمال.

أمي: هذا يكفي!

الرجل: حسناً..-

قلتُ له: لا.. بل استمر بالكلام.

نظر إلي الرجل وقال: من بين جميع القصص التي سردتها لماذا هذه القصة بالتحديد أثارت فضولك؟

قلت له: في هذا العمر فإنك سوف تنجذب نحو عالم الخيال.

قال لنا سائلاً: أخبروني، هل تحبون الاستماع للأغاني؟

فتح رعدٌ المسجل واندفعت موسيقى هادئة من سماعات السيارة القديمة المغطاة بالرمال. بدأت الموسيقى هادئة ورقيقة وبدأت أندمج فيها تدريجياً. كانت كالمخدر تخدر حواسك تدريجياً. بعد دقائق تركت العالم الحقيقي وانتقلت إلى عالم الأحلام.

الفصل السادس
لا تثق بأحد

استيقظت والألم رهيب في رأسي. حاولت تحريك أطرافي ولكني لم أقدر.. نظرت يمنة ويسرة، كنت في منطقة كثيفة الأشجار، كانت أشبه بغابة تقع في وسط صحراء. كنت مقيداً بحبل على إحدى الأشجار.. والدتي كانت مقيدة بجانبي وكانت فاقدة الوعي.. **ناديت عليها ولكنها لم ترد:** أمي استيقظي.. استيقظي.

- لا تحاول فهي لن تستيقظ إلا حينما أعطيها ذلك الشيء.

نظرتُ أمامي: رعد...! ما الذي يحدث هنا؟ فك قيدينا!

- أنا من قمت بتقييدكما.

قالها بصوت غاضب.

- ولماذا فعلت هذا؟

- ببساطة لأني أرغب بالحصول على الشيء الذي تمتلكه، أعني الحجر.

- عن أي حجر تتحدث؟ هل حقا أنت تصدق بوجوده؟

- لا تتلاعب بي أيها الصغير.. أعطني الحجر الآن.

- قلت لك إني لا أمتلكه.

نزع رعد نظاراته وشعرت بالذعر. تلاشت صورة أول شخص اعتبرته بمثابة صديقي. كانت عينه اليسرى مخدوشة وعينه اليمنى حمراء اللون.

قلت: لا أصدق هاتين العينين.

قال لي: هل تعلم حينما تعكس حروف اسم رعد على ماذا تحصل؟ على كلمة ردع. لقد حصلت على هذا الاسم لأن لا أحد كان يستطيع ردعي، وآخر ضحية قتلتها كانت تقول لي قبل أن تلفظ أنفاسها الأخيرة "ردع" فأعجبت بهذا الاسم.

- هند أليس كذلك؟

ابتسم وقال: أخيراً قابلت أحد معجبيّ.

- كنت أقرأ عنك في الآونة الأخيرة.. لست مراوغاً فقط، بل ذكياً.

- لقد أكملت الأربعين من عمري وحتى الآن لا أستطيع القراءة أو الكتابة. يكفي حديثاً. أنت تعلم من أكون وتعلم قدراتي.. أستطيع قتلكما في أقل من دقيقة ودفنكما في هذا

المكان.. لن يستطيع أحد العثور عليكما إن كان أحد يهتم بأمركما.

علمت في تلك اللحظة أن المراوغة سوف تزيد من حدة الموقف. نظرت إليه مباشرة **وقلت:** نعم، إني أمتلك الحجر.

كيف علمت أني أمتلكه؟ ولماذا تحتاجه؟

- المعلم الأعظم أخبرني عنه. لا تقل لي إنك لا تعرفه. لقد قابلته سابقاً.. أعني ظل. إني أحتاجه لأني أرغب بإنشاء حياة جديدة.

لا أصدق! هل يعني أن كل ما حدث كان حقيقة؟!

في تلك اللحظة شعرت بأربعة أحاسيس مختلفة؛ الفرح والغضب والحزن والخوف. تقدم بالقرب مني وبدأ بتفتيشي. وقعت يده على الحجر! أخرجه بسرعة من جيبي وفتح قبضته تدريجيا لكي يراه فانبعثت أشعة حمراء من الحجر أحرقت يده وسقط الحجر على الأرض واختفى الشعاع. لحسَ ردع يده اليمنى كالكلب لتخفيف حدة الحرق فأصبحت يده أشد احمراراً عن السابق. نظر إليَّ مباشرة واختفت نظرته الغاضبة **وقال:** هكذا إذاً؟! يبدو أن الأسطورة صحيحة.

قلت بتردد: أية أسطورة؟

- لكي أحصل على الحجر يجب أن تتخلى عنه. سوف أعقد معك صفقة. الصفقة كالتالي: أعطني الحجر وسوف أتركك أنت ووالدتك.

قالت لي نفسي: (لا تفعل هذا، لا تتخلَّ عن الحجر).

قلت له بخوف: هل لديك عرض أفضل؟

عادت عينه اليمنى للاحمرار.. أخذ نفساً عميقاً وأخرجه ببطء:

- حسناً، سوف أوصلكما إلى وجهتكما وأعدكما ألا أقتلكما أو أرميكما.

- ولماذا أصدق كلام مجرم مجنون؟

اقترب من أذني **وقال:** هناك صنفان من القتلة؛ الصنف الأول لا يمتلك شيئاً، والصنف الثاني يمتلك شيئاً، وأنا من الصنف الثاني، والشيء الذي لا أخلفه هو الوعد. ما رأيك، هل ما زلت مصراً على قرارك؟

- نعم، أنا موافق ولكن بشرط واحد: ألا تخبر والدتي.

- حسناً إنه شرط بسيط.

فك قيودي **وقال لي:** والآن أعطني الحجر.

رفعته من على الأرض ونظرت إليه مرة. كان شيء في داخلي يقول لي: (لا تعطه الحجر). أردَفَ: إن الوقت ينفد.. ماذا

قررت؟ قمت بإعطائه الحجر، أمسك به **وقال**: أخيراً أصبحت ملكي.

قلت له: لا تنسَ وعدك.

- نعم، لن أنساه.

فك قيود والدتي وأخرج وشاحاً أبيض من سترته وقربه إلى أنفها وبدأت تستعيد وعيها تدريجياً.

قلت له مرة أخرى: لا تنسَ وعدك. أوصلنا ولا تخبرها بما حدث.

استيقظت والدتي ونظرت إلينا **وقالت**: ما الذي حدث؟ أين أنا؟

قال رعد: لا تقلقي، لقد فقدت وعيك واضطررنا لإخراجك من السيارة لكي تستنشقي بعض الهواء.

سألَتْني: هل هذا صحيح يا أحمد؟ اكتفيت بهز رأسي.

أردَفَتْ: أشعر أن رأسي يؤلمني جداً.. إنها المرة الأولى التي أفقد فيها وعيي.. كم بقي من المسافة حتى نصل؟

قلتُ لها: تقريباً عشرون كيلومتراً، أي قرابة ربع ساعة.

نهضَتْ **وقالَت**: هيا إذاً، فلنسرع.

ركبنا في السيارة. كنت أراقب رعداً أو رعداً بحذر شديد. كان يكتفي فقط برسم ابتسامة على وجهه. شَعَرتُ أن جسده

حاضر بيننا، أما عقله فهو في مكان آخر. لا أعلم بالضبط ما الذي كان يفكر فيه هذا المخبول. قالت والدتي: مضت خمس دقائق ولم تتحدثا، هل حدث لكما شيء حينما كنت غائبة عن الوعي؟

قلت بصوت خفيف: نعم، لقد حصل الكثير.

قال رعد: لا لم يحدث شيء.. أظن أننا قد تحدثنا كثيراً وقد عرفنا الكثير من الأسرار عن بعضنا البعض وأظن أن هذا يكفي لأول لقاء.

وصلنا إلى المنعطف الذي يؤدي إلى عين اليَمَنْ، لافتة زرقاء اللون مكتوب عليها "عين اليمن، خمسة عشر كيلومتراً".

قال رعد: يبدو أنها الدقائق الأخيرة في رحلتنا.

قالت والدتي: أو لن نلتقي مجدداً؟

قال: لا أظن، لقد قررت الذهاب إلى السعودية بعد أيام من إنجاز عملي في القرية.

- حقاً، وما الذي سوف تفعله هناك؟

- سوف أعمل في إحدى الشركات التي توصل العمال إلى المصانع، أي إني سوف أقود حافلة.

قالت أمي: وهل سبق لك أن قمت بقيادة حافلة؟

- في الحقيقة يا سيدتي، لا ولكن الحياة تجربة.. سوف أجرب حظي.

ردَّتْ عَلَيه: سيد رعد، يبدو أنك شخص نادر؛ فأنت متفائل، وأيضاً لديك الكثير من الخطط، وليس جميع الناس يمتلكون خططاً في حياتهم.

- شكراً لك يا سيدتي.

في تلك اللحظة كان غضبي يتصاعد.. رأيت أن والدتي بدأت تغرم بهذا المجرم! كانت نفسي تحدثني وتصر عليَّ قائلة: (هل سوف تترك هذا المجرم يفر بفعلته؟ لقد قتل الكثير من الأشخاص والآن يسرق حجرك ويحاول السيطرة على والدتك! هذا شخص لا يستحق إرثك العائلي). انفجرت مشاعري **وقلت بصوت عال:** أعده إليّ!

ابتسم **وقال:** أعيد لك ماذا؟

- أنت تعرف الشيء الذي أخذته مني!

ردَّ عليَّ قائلاً: هل أنتَ بخير؟ يبدو أن حرارتك مرتفعة.

قالت والدتي: ما الذي حدث لك؟ ما الذي أخذه منك؟

- أخذ مني الحجر، والآن أريد أن أستعيده.

وضعت يدي أسفل الكرسي وأخرجت سكيناً.

قال: كيف عثرت عليها؟

أجبته قائلاً: حينما صعدت أول مرة على سيارتك رأيت شيئاً يتوهج أسفل الكرسي، طوال الطريق كنت أراقب هذا الشيء اللامع إلى أن اكتشفت أنها سكين، وليست أي سكين.. إنها السلاح الذي استخدمته في قتل ضحاياك الأربع الأخيرة يا ردع.

قالت والدتي: هل هذا صحيح؟

بدأت سرعة السيارة تتباطأ تدريجياً.. **قال:** هل تصدِّقين كلام هذا الفتى؟

- نعم، إني أصدقه لأنه ابني.

- حسناً إذاً، لقد انتهى العرض.

ضغطَ على المكابح بقوة فضرب رأسي بالنافذة فسقطت السكين وأصبحت الآن بين مخالبه. سحب والدتي خارج السيارة وقال: لم تستطع أن تلتزم بوعودك.. معظم الأشخاص الذين قتلتهم لأنهم لم يلتزموا بوعودهم! سوف أرسلك أنت ووالدتك إلى العالم الأبدي.

رفع السكين إلى أعلى فصرخت والدتي: لا تفعلها.

وقبل أن تصل السكين عنقي خرج شعاع أحمر من جيبه واشتعل البنطال فجأة فسقطت السكين من يده. حاول ردع أن يتخلص منه ورماه بعيداً. أمسكت بالسكين وقمت بطعن

رِجْلِه اليسرى.. أمسكت والدتي بيدي وجرَّتني باتجاه السيارة.

قلت لها: انتظري لحظة! استطعت بصعوبة سحب أصابعي من قبضتها ثم توجهت إلى البنطال وحاولت إخراج الحجر. أمسكت به وكان بارداً! ركبت السيارة وقامت والدتي بتشغيل المحرك.

تحرَّكت السيارة وتمسَّك رعدٌ بباب السيارة الخلفي. كان يصرخ من الألم ويأمرنا بالتوقف.. خلعت حذائي وضربت رأسه كصرصار فسقط بعيداً.

الفصل السابع
هذه الحقيقة

- ما الذي حدث لرعد؟

- ليس اسمه رعداً.

- هل أخبرك من يكون؟

- إنه ردع، ذلك المجرم المخبول الذي قتل الكثير من الأبرياء.

- لا أصدق هذا!

- هل تعرفين لماذا لم يقتلنا؟ لأني وعدته أن أعطيه الحجر.

- أي حجر؟

- هذا الحجر.

- كيف حصلت عليه؟

- خالتي أعطتني إياه..

- تلك الأخت!

- هل صحيح الكلام الذي قاله حول قصة الحجر؟ يجب عليك إخباري لأننا في نفس الموقف.

- حسناً، معظمه صحيح.

- وكيف وصل هذا الحجر لخالتي؟

- حسناً، لقد أصبحت كبيراً ويجب أن تعلم القصة الحقيقية. سنة 885 للميلاد كان هناك رجل يدعى "آشورا" يحكم قبيلة في شرق جنوب الهند. تلك القبيلة تسمى بشعلة نور. كان آشورا مختلفاً عن بقية الزعماء الذين سبقوه؛ فبعد أن أطاح بشقيقه الأكبر بدأ بتطبيق نظام جديد، ألا وهو نظام السحر. بدأ بإنشاء المدارس التي تعلم السِّحر الأسودَ، ولقي تعاوناً من قبيلتين؛ قبيلة (بانج) و(تشيكي). وبدأ بإرسال التلاميذ لكي يتعلَّموا السحر ويعودوا مُدَرِّسِين ليعلِّموا الأطفال. فتحَ المدارسَ وأصبح السحر الأسود الذي كان محرماً من قبل على ربٍّ (أوشريت) – الذي هو ربُّ القبيلة والمؤسس الغامض لها – شيئاً عادياً، بل أصبحت العوائل تفتخر بأبنائها الذين يتعلمون السحر. مضت السنوات وأصبحت العلاقة مع قبيلتَي بانج وتشيكي قوية وبعد سنوات حصل آشورا على كتاب غامض من أحد التجار الذي يدين للقبيلة ببعض النقود. كان الكتاب مكتوبا بلغة غريبة، لكن آشورا استطاع أن يترجم

الكتاب واتضح أن ذلك الكتاب عبارة عن وسيلة لفتح أبواب التواصل مع عوالم أخرى.

- ولكن...

- دعني أنتهي من حديثي.. تواصل آشورا مع زعيمي القبيلتين اللذين قالا إن هناك شيئاً يجب القيام به لتفعيل الكلام المفتاح الذي يفتح الأبواب، ألا وهو أن نقوم بالتضحية بسبعة أطفال طيلة سبع سنوات، كل سنة يجب أن نضحي بطفل شرط أن يكون الطفل من دم مختلف ومن بيئة مختلفة، أي ببساطة يجب ألا يضحوا بطفلين من نفس القبيلة.. فقط طفل واحد. قرر آشورا أن يتواصل مع زعماء القبائل القريبة، ولحسن الحظ كانت أربع قبائل مختلفة تسكن على مقربة من قبيلة آشورا. زار القبائل وتحدَّث مع زعماء القرية. كان يقول لهم: "إن الآلهة تطلب منا أن نضحي بأربعة أطفال ونرميهم في بركان شاترا لكي يفيضوا علينا بالأمطار ويفتحوا لنا أبواب الرزق". كان زعماء القرية يعلمون أن آشورا قد نقض الوعد مع الإله الأكبر لهذا طردوه. قرر آشورا أن يسحر الزعماء ويخضعهم لسيطرته. بعد أشهر نجحت محاولته واستطاع فعلها. مرت السنوات السبعة وتمَّت

التضحية بالأطفال السبع. انظر إلى قمة الحجر، ألا ترى فيه شيئاً غريباً؟

- كل ما فيه أنه مدبب!

- حسناً إذاً.

- ولكن لم تخبريني حتى الآن كيف حصلتِ على الحجر؟

- ببساطة.. إن آشورا هو جدك.

صُدِمتُ فجأة ثم **قلت لها**: هل تعنين جدي العاشر أم العشرين؟

- أعني أنه والدي!

توقف السيارة المفاجئ منعني أن أستوعب الكلام غير المنطقي الذي كانت تقوله. تباطأت سرعتها كما حدث سابقاً، وبدأت الأحداث تعيد نفسها، ما عدا أن دخاناً بدأ ينبعث من المحرك تدريجياً.

قلت لها: إن هذا ليس طبيعياً.

- لا تقلق.

كانت والدتي متعرقة، حتى إن بشرتها البيضاء أصبحت مائلة إلى اللون الوردي. تحول الدخان إلى نار، غطَّت النيران معظم أجزاء السيارة. كانت النيران كأنها تنبعث من الجحيم. حاولنا فتح الأبواب لكنها كانت موصدة بالحرارة، أما النوافذ

فكانت أشد حرارة. كنا نتصبب عرقاً، ثم حدث صوت انفجار قوي. كانت الإطارات قد انفجرت، أمسكت والدتي بيدي فانقلبت السيارة.

استيقظت والألم في عمودي الفقري وصداع لا يوصف ينبعث من دماغي إلى جمجمتي. حاولت تحريك يدي ولكني لم أكن قادراً على تحريكها. نظرت إليها فإذا بمعظم أربطة يدي قد قطعت. كانت يدي تسبح في بركة من الدم. رجلي اليسرى كانت عالقة تحت ركام الحديد. نظرت إلى الأعلى فكان نور ينبعث من الزجاج المحطم.. نظرتُ إلى كرسي السائق فلم أجدها، كل ما أتذكره تلك اللحظة أني قد صرخت بأعلى قوتي.. كنت أصرخ لمدة ساعات.. أغمضتُ عينيَّ بعد لحظة وشعرت بيد تسحبني إلى الأعلى. حاولت فتح عينيَّ إلا أني لم أستطع والسبب يعود إلى أن الجرح الذي في رأسي كان يسرب دماء وهذه الدماء قد دخلت في عيني. تلمست الرمال **وقلت: هل** هذه أنت؟

رد علي صوت خشن أبعد ما يكون عن صوت بشري: لقد رأيتك تعاني لهذا أنقذتك.
- ومن تكون؟
- أنا كائن حي عاقل مثلك تماماً.

شعرت بيد من شعر تغطي وجهي وصلت حتى عيني. ابتعدت اليد، وحينما ابتعدَتْ فتحت عينيّ من دون إرادتي، نظرت حولي فلم أجده.. نظرت خلفي فإذا بحطام السيارة. تفحَّصتُ المكان لكي أعثر على والدتي.. بحثت عنها طوال ساعات ولكني لم أجدها. تذكَّرت الحجر فوضعت يدي في جيبي وأخرجته، لم يكسر بل حتى خدش لم يصبه. تذكرت فيما بعد أن قضيباً معدنيا كان على وشك أن يصيبني ولولا تدخل الحجر لكان ذلك القضيب قد اخترق معدتي. كنت ممسكاً بيدي بقوة في تلك اللحظة شعرت أني بذراع واحدة. مزَّقت بنطالي الذي كان في تلك اللحظة في أسوأ حالاته. ربطتُ يدي ثم أخرجت زجاجة ماء من الحطام وغسلت يدي ودهنتها.

بدأت بالسير بخطوات متبعثرة.. كان الألم لا يحتمل. كانت رِجْلي تنزف ببطء حتى وصلت إلى مرحلة سقطت فيها على وجهي. حاولت النهوض تدريجياً حتى وقفت مجدداً في وسط الصحراء. بدأت ظلال الأشجار تظهر في الأفق. مشيت مسرعاً في اتجاهها. اقتربت منها وأدركت أني عدت إلى الواحة مجدداً. بدأ الظلام بالهبوط وظهرت الظلال وارتفعت أصوات الوحوش. استخدمت الطريقة التقليدية في إشعال النار. كانت ليلة باردة مليئة بأصوات الذئاب.. أخرجت الحجر من جيبي وبدأت

بتأمله. تذكرت الأحداث التي مررت بها.. وبعد تفكير طويل أدركت أن والدتي لم تختفِ لوحدها، بل قام شخص بأخذها، وعلى ما يبدو أنه الشخص ذو العباءة. ما الذي يريد أن يفعله بوالدتي؟ لوَّحتُ بالحجر ورميته في النيران فلم يحترق أو يتغير لونه. أخرجتُه مستخدماً غصناً ورميته في الماء وضربته بالصخور ولكن لم يحدث له شيء. **قلت بصوت عال: ما هو سرك؟** بعد دقائق ذهبت إلى عالم الأحلام.

في تلك الليلة راودتني عدة كوابيس، ولكن أكثر كابوس ما زلت أتذكره حتى الآن هو أني كنت في مكان خارج هذا العالم. كنت أمشي على رمال زرقاء.. كانت ليلة مليئة بالنجوم، وصلت إلى قلعة فدخلت أسوارها، وفيما أنا أقترب من باب، إذا به يفتح وتظهر يد زرقاء اللون مملوءة بالعروق ذات أظافر طويلة قذرة. بدأ ظل ذلك الشخص يظهر تدريجياً. كان رجلاً ذا عباءة وكان جسده مغطى بعباءة أشد سواداً من سواد الليل، أما وجهه فلم أستطع أن أرى منه إلا فمه الأزرق. حاولت الهروب لكني شعرت أني تجمدت في مكاني. **قلت بصوت عالٍ: لا تقترب.** كان يقترب ببطء نحوي وابتسامته الزرقاء ما تزال تطاردني في كوابيسي حتى الآن. كانت بشرته شاحبة ناصعة البياض كأنه قد وضع مساحيق تجميل. أمسك بوجهي وشعرت أنه كان

يستنزف روحي، شعرت أني على وشك أن أفارق الحياة. وفجأة ومن دون سابق إنذار شعرت بصداع في رأسي. فتحت عينيّ وعدت إلى عالم الحقيقة. لم أستطع رفع رأسي من الألم. أدركت أني كنت نائماً بالقرب من الشجرة والغصن قد سقط على رأسي. لم أعلم سبب سقوط الغصن لكني شعرت أن ذلك لم يكن حلماً بل كان حقيقة، وعلى ما يبدو أن الحجر قد عمل ونقلني إلى العالم الآخر! في ذلك العمر وبالتحديد في تلك اللحظة كنت مؤمنا أن الحجر يعمل على فكرة الإسقاط النجمي.

الفصل الثامن
الوصول إلى الهدف

بعد دقائق من الاستلقاء على ظهري قررت النهوض. المفاجأة حدثت أني حينما نهضت لم أشعر بالألم الذي كان في ساقي، فقد زال. نظرت إلى رجلي ولم أصدق؛ كانت رجلي طبيعية، لم يكن فيها خدش أو كسر، حتى إن علامات الدم قد زالت. بدأ عقلي يقول لي: (لا تستغرب مما رأيت؛ ففي هذه اللحظة سوف تشاهد الكثير من الأشياء الغريبة). غسلت وجهي وقمت بالصلاة للمرة الثانية في حياتي. كان طلبي الوحيد أن أكتشف حقيقة ذلك الشخص. خرجت من الواحة وسرت في الصحراء. بعد دقائق رأيت شيئاً يرفرف على بعد أمتار، توجَّهت نحوه. كان معطفَ ردع، فقلت في نفسي: (لا بد أنه ما زال على قيد الحياة). غيَّرتُ اتجاهي، ولحسن الحظ توقَّفَت شاحنة لنقل الأغنام، وعَرَض علي السائق أن يوصلني. في البداية كنت

متردداً ولكني وجدت نفسي أمام خيارين: إما الموت أو المخاطرة. لا بد أن يخاطر الإنسان مرة واحدة على الأقل في حياته. قال لي سائق الشاحنة إنه متوجه إلى عين اليمن. سألته عن المسافة التي تفصلنا، **ابتسم وقال:** عشرين كيلومتراً.

دخلنا صنعاء، تلك المدينة التي تعد إحدى مدن العالم القديمة التي ما زالت حتى الآن ناشطة بالبشر. المنازل القديمة منتشرة في كل شارع راسمة لوحات ملونة برموز حيوانية. كانت الشوارع مزدحمة، وعلى ما أذكر أنه كان طقساً مشرقاً مصحوباً برياح باردة معطرة بالبخور واللبان. كانت محلات التوابل والعطارة تغطي كل مكان. كان سكان المدينة من أعراق وألوان مختلفة، جميعهم كانوا ينفقون مئات الريالات من أجل شراء أشياء يحتاجونها أو لا يحتاجونها. **قال سائق الحافلة:** إلى أين تنوي الذهاب؟ أخبرته بالعنوان، **قال لي:** لا بد أنك شخص ثري لأن هذه المنطقة يسكنها الأثرياء. أخبرته أن هذا المنزل يعود إلى صديقة والدتي وأنها مسافرة.

- هل والدتك تنتظرك في المنزل؟

- إني آمل هذا.

- ربما يكون جسدها غائباً عنك وَلَكِن قلبها معك.

وصلنا إلى حارة مختلفة عن صنعاء. كانت المنازل حديثة منتشرة في كل مكان. لم تكن مصنوعة من الطين بل من رخام ومزينة برموز سحرية، بل كانت مزينة بالأحجار الكريمة. وصلنا إلى منزل يقع وسط منزلين ضخمين. كان بابه يبعد متراً عن الشارع. **قلت له:** انتظرني سوف أجلب لك بعض النقود.

ابتسم وقال: لقد سبقك شخص في الدفع.

نظرت إليه للحظات **وقلت:** ما الذي تعنيه أن هناك شخصاً قد سبقني في الدفع؟

- سوف تدرك هذا قريباً.

نزلت ولَم أكن أملك أي شيء ما عدا الحجر الغريب. كانت رائحته كريهة تشبه رائحة جُثَّة. كنتُ مغطىً بالغبار، بنطالي مقطوع من الأسفل، قميصي أشبه ما يكون بقميص مشرَّد لم يستبدل لسنوات.

دخلت المنزل الذي كان مملوءاً بالتراب. كان يتألف من طابقين ويضم خمس غرف؛ اثنتان في الطابق الأول وثلاث غرف في الطابق الثاني. أخذت حماماً ساخناً، ولحسن الحظ أني وجدت بعض الملابس التي تناسب قياسي. جلست على الأريكة وفتحت التلفاز الذي للأسف لم يكن يعمل.. بدأت بتفقد الصور المعلقة على الجدار.. استطعت أن أخمِّنَ بعض

الصور، على سبيل المثال صورة هند التي هي صاحبة المنزل وصورة شخص عجوز في الخمسين من عمره، لا بد أنه الشخص الذي أهداها المنزل. لا بد أن المنزل كان هدية الزواج.

أثارت فضولي الصورة الثالثة التي كانت الأخيرة. كانت صورة لشخص ليس بغريب عني. شعرت أني أعرف هذا الشخص جيداً. بدأت بالتحديق بها.. بدأت أصوات تنساب من الطابق الثاني، كانت أشبه بأصوات بكاء رجل في العقد السادس أو السابع مِن عمره. كانت دقات قلبي تتسارع لأن أحداً لم يقم بزيارة المنزل منذ قرابة سنة، فهند لا تمتلك أي أقارب، وأصدقاؤها الأثرياء لا يفضلون العيش في منزل يعتبر من أصغر المنازل المجردة في هذا الجزء من المدينة.

أقنعتني نفسي بالذهاب والتفقد.. صعدت الدرج بخطوات متعثرة.. كان العرق ينساب ببطء من تحت جلدي، كنت أقول لنفسي: (لا بد أنها أصوات الجيران، لا بد أن هناك نافذة مفتوحة لم تغلق). وصلت إلى مصدر الصوت وكان في غرفة المعيشة.. اقتربت من الغرفة فإذا بالصوت يختفي. كانت الغرفة خالية من الأثاث، نظرت إلى النافذة فإذا بها مغلقة. حاولت تهدئة قلبي الذي كان يوشك أن يخرج من مكانه. قررت تفقد بقية الغرف.. كانت متشابهة وخالية من الأثاث. كان أثاث

المنزل كله في الطابق الأول. نزلت الدرج وحينما كنت أمشي على الدرج شعرت أن هنالك شخصاً يراقبني. وجدت بعض الريالات قرب التلفاز وجدتها فرصة للذهاب إلى القرية لإسكات جوعي والتعرف على هذه المدينة الساحرة. أغلقت المنزل وأخذت المفتاح معي. كانت سيارات الأجرة تغطي كل جزء من الحارة. عَرَض علي عشرات السائقين أن يوصلوني ولكني رفضت. وصلت إلى أحد المطاعم المتخصصة ببيع الفول، كان المكان خالياً من الزبائن.. طلبت صحن فول، وعسلاً وشاياً. انتهيت من وجبتي وطلبت الحساب وتفاجأت أن الحساب قد دفع عني. أشار العامل إلى الشخص الذي دفع عني الحساب! نظرت من النافذة فإذا بي أراه يلبس معطفاً أسود وقبعة. خرجت من المتجر مسرعاً وبدأت بتتبع خطواته. كان يمشي بين أزقة الشوارع حتى وصل إلى منزل. فتح الرجل الباب ودخل.. انتظرت قليلاً وقمت بفتح الباب فوقعت وسط رمال سوداء. كان ضوء القمر يغطي كل الأرجاء، ارتفعت الرمال التي تحت قدميّ. بدأت تتكون صورة الشخص وظهر المخلوق ذو العباءة.. أخرجت الحجر من جيبي وقلت **له**: هل تبحث عن هذا؟ سوف أعطيك إياه شرط أن تعيد والدتي.

قال: ومن قال إني أريد الحجر؟ إني أريدك أنت!

شُلَّت حركتي من جديد ولم أعد قادراً على الحراك أو التكلم. الحجر مجرَّد مفتاح يفتح الأبواب ولست بحاجة إليه. هل تعلم لماذا؟ لأني شبح. ثم تقدم باتجاهي.

الفصل التاسع
المجهول

استيقظت على أصوات سيارات الأجرة. كنت ملقى وسط النفايات، نهضت ورأيت أحد عمال النظافة. سألته عن مكاني وأجابني، ولكني صدمت حينما قال لي إنه يوم السبت.

قلت له: لا بد أنك مخطئ، الأمس كان الأربعاء إذا اليوم هو الخميس.

ابتسم وأجابني: توقف عن الشرب.

لمع الحجر من جديد في جيبي، نظرت فإذا بالرجل قد اختفى. بدأت الجدران تسيل كالطين، كنت أغرق.. حاولت قدر الإمكان أن أغلق فمي.. لكنّي اضطررت إلى فتحه لكي أحصل على مزيد من الأكسجين، فبدأ الطين يدخل في فمي وأذنيَّ! كانت معدتي تؤلمني، وفيما أنا على حافة الموت أمسك شخص بيدي ورُفِعْتُ إلى الأعلى. رفعت رأسي ونظرت إليه.. كان رجلاً

في الستين من عمره، يغطي شعره الأبيض نصف وجهه، يلبس ملابس قديمة تعود إلى إحدى الحضارات القديمة. كان يحمل عصا خشبية في يده اليسرى، كثُّ الحاجبين، أسمر البشرة، ذو عينين زرقاوتين. **قلت له:** من تكون؟

قال لي: أنا جدك.

انتابتني رعشة خفيفة في جسدي حينما سمعت هذا الاسم.

- هل تعني أنك آشورا الذي صنع هذا الحجر؟

- نعم، أنا هو. تستطيع أن تدعوني بحكيم الأرواح.

- أخبرني ماذا يحدث بالضبط من حولي؟

لوح بعصاه وأظهر صخرتين من تحت الرمال، **قال:** أنت الآن في البعد الخامس. البشر يستطيعون رؤية ثلاثة أبعاد، ولكنهم غير قادرين على رؤية الأبعاد الأربعة الأخرى.

- هل تعني أن هناك سبعة أبعاد؟

- نعم، وكلُّ بُعدٍ يمتلك خصائصه. الأبعاد ثلاثة، التي نعيش بها هي الأبعاد الآمنة؛ بمعنى أنها الأبعاد التي تتفق مع قدرة العقل البشري. لحسن حظك أنك مخفي عن الوحوش.

- عن أي وحوش تتحدث؟

- أعطني الحجر.

أعطيته إياه، وحينما أمسك به بدأت ظلال تتكون في الأفق البعيد، كانت أشبه بظلال حشرات حجمها يفوق الجبال، كانت الظلال تغطي الأفق. أعاد إلى الحجر واختفت الظلال.

ثم قال: هذه هي الوحوش التي كنت أحدثك عنها.

- ولكن لماذا الوحوش لا تهاجمك؟

- لأني شبح مثل ذلك الشبح الذي قابلته. ذلك شخص يدعى "المراقب"، هو مخلوق مثلي أو أصبح مثلي.

- ماذا تعني؟

هناك مخلوقات نادرة، وهي تدعى "رايكوا" أو بلغتنا "المتخفون"، هؤلاء الأشخاص يقومون بسرقة أرواح الناس التي تأتي إلى هذا المكان. آلاف الأرواح تأتي إلى هذا المكان كل سنة ولكنهم لا يسرقونها.. بل إنهم يسرقون الأرواح المميزة، وبما أنك تحمل دمائي فروحك مميزة. حينما قمت بتأسيس هذه الطائفة كان هدفي هو صنع المفتاح الذي سوف يفتح أبواب العوالم الخفية. إن الرب خلق هذه العوالم من أجلنا.

- أنت آخر شخص يحق له الحديث عن الرب؛ فلقد عصيت ربك.

- ذلك الشخص لم يكن رباً، بل أنا من قمت بابتكاره قبل آلاف السنوات حينما كانت الأرض خالية من البشر.

- ألست بشرياً؟

- لم أكن يوماً بشرياً، أنا مخلوق مختلف عن بقية المخلوقات، إني كائن نادروأنا الوحيد من نوعه، حكمت الكثير من القبائل والأماكن، تعرَّفت على عدد هائل من النساء البشريات وغير البشريات، أنجبت آلاف الأطفال ولكن والدتك كانت مختلفة عنهم.

- لماذا؟

- ببساطة لأنها كانت أنثى تحمل في داخلها دماء مخلوق نقي. هذا الجسد الذي تراني فيه هو مجرد جسد مؤقت، إني أرغب بالحصول على جسدك. نهضت من على الصخرة وتراجعت إلى الخلف. أنا مجرد كائن روحي بلا جسد ولا مشاعر. في الحقيقة هذا الجسد يعود إلى أحد أبنائي ولقد انتهت فترة صلاحيته والآن أنا بحاجة إلى جسدك.

- ولماذا قمت بأخذ ابنتك؟

- لم أقم بأخذها، وأيضاً لا يهمني ما الذي سوف يحدث لها.

- ألهذه الدرجة لا تهتم بحياة الآخرين؟

- انتهينا من الكلام والآن أعطني جسدك.

- لا، لن أسمح لك.

هربت منه، جريت وجريت حتى وصلت إلى منطقة مظلمة نظرت إلى الخلف فرأيت أن كل شيء خلفي قد زال وحل محله

الظلام، أصبحت لا أرى شيئاً حتى يدي، كنت خائفاً، كنت أسمع فقط صوت رياح. وضعت يدي في جيبي وأخرجت الحجر وأمسكته بقبضتي. **قلت:** إني أعلم أنك لست جماداً، إني أومن أنك شخص عاقل مثلي لديه عقله الخاص وخياله الواسع. أنار الحجر المكان بنور متوهج كضوء الشمس وأزاح الظلمات وبدأت صورة تتكون في الأفق تحولت فيما بعد إلى فيديو متحرك؛ كانا شخصين يلبسان ملابس سوداء ويتجولان في زقاق مظلم. قررت الاقتراب، وحينما اقتربت قامت الفجوة بابتلاعي! نظرت حولي فإذا بي وسط كومة من نفايات قذرة كأني سقطت في مكب. مشيت وسط هذه القذارة تحت ضوء القمر الأحمر، رأيت رجلاً يلبس ملابس وسخة مغطاة بزيت وكان يجلس في مكان أكثر نظافة، توجهت إليه **وقلت له:** أين نحن الآن؟

نظر إلي وقال: مدينة نفايات، مدينة الخاسرين.

- وفي أي زمن نحن؟

نظر إلي باستغراب **وقال:** يبدو أنك قد أسرفت في شرب الكحول. لم أرد عليه. حدق بي قليلاً: حسناً.. نحن في عام 2100.

الفصل العاشر
عالم جديد

- هل تمزح معي؟ يبدو أنك حقاً أسرفت في الشرب.

مضى الرجل في طريقه.. تجولت في مكب النفايات ورأيت الكثير من الخردوات الغريبة، تلفاز على شكل ساعة، هاتف زجاجي، وملابس مدرعة خفيفة الوزن... وغيرها من الأجهزة الغريبة. بدأت أنوار تظهر في الأفق البعيد. جريت حتى وصلت إلى مدينة لم يسبق لي أن رأيت لها مثيلاً؛ ناطحات سحاب عظيمة تشع بالأضواء، سيارات تطير كالعصافير وأصوات أناس ممتزجة مع أصوات الأغاني. دخلت المدينة وكانت مملوءة بالبشر الذين يلبسون تلك الملابس المدرعة الخفيفة. كان معظمهم يمشي ويتحدث مع نفسه، وبعضهم الآخر يحرِّك يديه في الهواء كالأبله، وشخص يحمل كيساً مملوءاً بالحبوب المشعة. كان الأطفال يمشون ويقودون دراجات من دون

عجلات تطفو في الهواء، أما الكلاب والقطط فلم تكن كائنات حية بل كانت أقرب ما يكون إلى سايبورغ. الكثير من الآليين يمشون في الطرقات. كانت النساء تلبس ملابس تكفي لتغطية مكانين في الجسد، أما الرجال فمعظمهم قد خرج من صالون التزيين ووجدت صعوبة في التفريق بينهم. كانت الناطحات مزينة بشاشات تعرض إعلانات لمنتجات غريبة، مثل الآلة التي حجمها يعادل حجم ثلاجة يدخل فيها الشخص السمين ويخرج نحيفاً فقط في ثلاث دقائق. كان سكان المدينة يتحدثون أربع لغات في آن واحد، وعلى ما يبدو أن الجهاز الذين يضعونه خلف أذنهم اليسرى له دور هام لإتقانهم هذه المهارة. بدأت معدتي تغني أغنية الجوع وقادني أنفي إلى أحد المطاعم. كانت ضفادع زرقاء اللون وعقارب حمراء وبعض اللحم البرتقالي يشوى على نار هادئة. تبسم البائع المسن. في البداية تحدث بلغة لم أفهمها. قلت **له**: لا أفهم كلامك.

قال لي: ما الذي تريد أن تشتريه أيها الشاب؟

قلت له: هل لديك لحم طبيعي؟

نظر إلي باستغراب: ما الذي تعنيه؟

- أعني لحم بقر، أو خروف.

قال لي: اصمت، هل جننت؟ هذا طعام محرم!

- لم أفهم قصدك!

- كما توقعت، يبدو أنك من خارج هذه المدينة!

- نعم، لقد جئت من مكان بعيد.

- اسمع، أي مخلوق يمشي على أربع هو طعام.

- ولكنك تطبخ ضفدعاً!

انظر إليه جيدا، هل ترى أن هذا النوع من الضفادع يمتلك ست أرجل. أخذ الرجل نفساً عميقاً **وقال:** لدي شيء قد يعجبك. توجه الرجل إلى الداخل وجلب معه صندوقاً صغيراً. فتح الصندوق وأخرج بيضة **وقال:** هذه آخر بيضة موجودة في المدينة.

- وهل هي بيضة دجاجة؟

- لا أعرف، هل تريدني أن أطهو لك؟

بدأت معدتي تلح علي، فقلت له:

- نعم.

قام الرجل بقلي البيضة، ووضَعَ صحناً أمامي. قطعت جزءاً صغيراً من البيضة، وتذوَّقت، ومنذ ذلك اليوم كرهت أكل البيض. كان طعمها كالجوارب النتنة.

- لا أريدها، هل لديك نوع آخر؟

- قبل أن أعطيك صنفاً آخر من الطعام عليك أن تدفع ثمن هذه الوجبة.

- ماذا؟ مال؟

- نعم وسعر هذه البيضة مئة بلي.

- لكني لا أملك المال.

اختفت ابتسامة العجوز وحل محلها وجه غاضب خال من المشاعر. احمرّ وجهه وخرجت مقلتا عينيه.

- لقد خدعتني بمظهرك أيها المتسول.

ووضع يده تحت الطاولة وضغط على زر فبدأت أصوات تصدر من جدران المحل. كانت أصوات صفارات إنذار. اجتمعت دوريات شرطة أمامي ونزلوا من سياراتهم السوداء المدرعة الطائرة. **قال الرجل بلغتي:** هذا شاب أكل وجبة من دون أن يدفع ثمنها.

نظر ضابط الشرطة إلي بخوذته المدرعة، **ثم قال:** أعطني رقمك الموحد!

- لا أمتلك رقماً موحداً.

قال الضابط: اقبضوا عليه وقوموا بفحصه.

أُمسِكت من قبل شرطي ضخم قام بتقييد يدي مستخدماً سواراً أخضر مشعاً. أخرج الضابط جهازاً من جيبه، كان مربع

الشكل وجعله قريباً من جمجمتي. بدأ الجهاز يشع باللون الأبيض وبعدها تحول للون الأحمر.

قال الضابط: كما توقعت، أنت غير مسجل.

قال العجوز: على ما يبدو أنه جزء من عصابة صفر.

تغيرت نظرات رجال الشرطة وأصبحت حركة أجسادهم أكثر توتراً.

قال الضابط: لا تتدخل يا مواطن.

قام الضابط بتفتيشي وحاولت قدر المستطاع أن أخفي الحجر عن طريق تحريك أطرافي ببطء ولكن لسوء الحظ وقعت يدا الضابط على جيبي الأيسر وأخرج الحجر وبدأ بتفحصه. قلت له إنه حجر عزيز على قلبي. **رد علي بصوت حازم:** كان عليك التفكير عن طريق عقلك وليس عن طريق معدتك! ثم أعطى الحجر للعجوز.

قال العجوز: وماذا أفعل بحجر، إنه من دون قيمة.

- ليس أمامك خيار.. إنه لا يمتلك شيئاً.. يبدو من شكله أنه يساوي بعض النقود. قال الضابط.

نظر العجوز إلى الحجر بابتسامة **وقال:** حسناً، ولكني لن أستريح حتى ينال عقابه.

- لا تقلق بشأن هذا، سوف نتكفل به.

حاولت مقاومتهم ولكنهم قاموا بضربي بعصا مشعة أفقدتني وعيي. استيقظت وسط غرفة مضيئة بالأنوار مقيداً على كرسي جلدي.

- إذاً.. استيقظت أخيراً؟!

- من أنتم، ومن تكون؟ هل تستطيعون تخفيف حدة هذا الضوء؟

- ليس من حق الإرهابين أن يتكلموا. هل أنت جزء من منظمة؟

- عن أيّ منظمة تتحدثون؟

- لن ينفعك الإنكار هنا، اعترف أو واجه العواقب.

- حسناً، تريدين الحقيقة؟ نعم.. أنا شخص قد جاء من زمن آخر وبالتحديد من سنة 1986 من مدينة بعيدة. بدأت أصوات ضحكات خفيفة تسمع من جميع النواحي مع أني كنت مغلقاً عينيّ إلا أن قوة الضوء الأبيض استطاعت تجاوز جفوني.

- يبدو أنك لن تعترف إلا بالقوة. تذكَّر، أنت من جلب هذا لنفسه.

بدأت أصوات أصوات تصدر من فوق رأسي.. أصبحت خوذة متصلة برأسي، فتحت عيني اليسرى ورأيت شخصاً ذا بدلة

بيضاء يقترب مني ويهمس في أذني سوف: "آخذك في جولة قصيرة إلى الجحيم أيها الإرهابي".

ظهرت أصوات من الآلة، كانت أشبه بصوت ماكينة سيارة حديثة. بدأت أشعر بثقل في رأسي ثم تحول الثقل إلى ضغط هائل. كنت أصرخ من مقدار الألم الذي كان لا يوصف. كانت عظام جمجمتي تتكسر تدريجياً. كيف لصبي مثلي أن يكون إرهابياً؟ ألا تخجلون من تعذيب طفل؟ يكفيك كذباً!

كان أشخاص يهمسون في الخلف: "لا أظنه بكامل قواه العقلية". نعم أنت محق! عشرات الإبر كانت تغرز في رأسي وتحطم عظامي. انطلق صوت صفير وتوقفت الآلة وغبت عن الوعي. فتحت عيني وصرخت: أظهروا أنفسكم!

انطفأت جميع الأضواء ما عدا ضوء واحد كان يتوسط سقف الغرفة. قلتُ: لا أصدق.. أنتم؟!

- نعم نحن، لسنا بشراً.. نحن الآليون.

كانت عيناي تحدقان بهم. الرجل الآلي الذي رأيته في الصحيفة قبل أسبوع يعتبر خردة مقارنة بهؤلاء. إنهم يمتلكون أعيناً قريبة من أعين البشر، حتى إنهم يمتلكون شَعْرَاً ويلبسون ملابس أنيقة، حتى إن رائحة العطر تفوح من هياكلهم الحديدية.

كانوا أربعة آليين؛ رجلان وامرأة. تقدَّم رجل آلي يلبس معطفاً أبيض وقميصاً أسود وبنطالاً لامعاً وقال:

- لا تقلق، سوف نعيد عقلك إلى حالته الطبيعية.

- عقلي بخير، أخبرتكم عدة مرات أني لست من هذا الزمن.

- نعم، أنت محق، عقلك يعتقد أنك لست من هذا الكوكب، ولكن جزءاً منك مقتنع أن ما يقوله عقلك ليس صحيحاً. نحن نؤمن بفكرة السفر عبر الزمن ولكننا لا نؤمن أن إرهابياً قادر على السفر عبر الزمن. الكثير منكم يظنون أنهم أذكى من الأم، ولكنكم حينما تقعون في يديها ببساطة تختفي شجاعتكم وثقتكم وتعودون أطفالاً. مهما كان السر فسوف ينكشف قريباً، أنتم مجموعة من الفئران التي تظن أنها تستطيع أن تفعل ما تشاء.

أخرج الآلي زِرًّا من جيبه وضغط عليه. ارتفعت الخوذة. دخل رجلان آليان مدرعان، قال لهما: خذوه إلى الأم مقيداً بكرسي.

كان الرجل الآلي يدفعني بسرعة. كان الممر طويلاً، بعد دقائق وصلنا إلى مصعد. فُتح باب المصعد، خرجتُ.

كانت جدران المصعد مصنوعة من الزجاج. انطلق المصعد إلى الأعلى واستطعت أن أرى أنوار المدينة وناطحاتها العالية

التي كانت تتجاوز الألف متر، ولكن رغم هذا كانت تصغر تدريجياً.

أصبحنا الآن أقرب ما يكون إلى الغلاف الجوي.. استطعت رؤية ملامح الكرة الأرضيّة.. توقف المصعد، وفُتح الباب. دفع الآلي الكرسي بقوة وقال: أيها الحشرة، كن محترماً حينما تقابل الأم. توقفنا أمام بوابة ضخمة. تقدم الآلي وقال: أيتها الأم لقد جلبت متهماً، هل تسمحين لنا بالدخول؟

رد صوت أنثوي عالٍ كاد أن يفجر طبلتي أذني: نعم يا بني، تفضل.

فتحت البوابة ودخلنا، ملايين وملايين الأسلاك الكهربائية والشاشات التي تصور كل ركن وكل شخص في المدينة حتى إنها كانت تصور الحشرات والمتشردين والضالين والناس وهم في بيوتهم. كل غرفة وجزء من المنزل. أصبحنا قرب زهرة حمراء مغلقة. فتحت الزهرة تدريجياً وخرج شعاع أصفر غطى القاعة الواسعة كلها. كانت امرأة أقرب ما تكون إلى آلية، ذات شعر وردي ناعم طويل وجلد معدني أبيض أقرب ما يكون للجلد البشري، تلبس فستاناً أبيض مملوءاً بالمجوهرات البيضاء، مشعة عيناها. كانتا أجمل عينين رأيتهما في حياتي. كانت بنفسجية وتأسُرْ.

كانت حافية القدمين، ظهرها متصل بسلك معدني وكانت تجلس على كرسي مصنوع من زمرد، قالت: تستطيعون الانصراف الآن.

انصرف الحارسان. حركت يديها جهة اليمين فتحررت من الكرسي.

- مضت فترة طويلة منذ أن التقيت فيها ببشري، يبدو من مظهرك أنك ما زلت يافعاً حتى الآن، دعني أخمن عمرك.. 23 أم 24 ربما.

- أنا في الخامسة عشرة، حتى إن وجهي خالٍ من الشعر.

ابتسمت وظهرت أسنانها الناصعة البياض.

- متى رأيت وجهك آخر مرة؟

اندفعت مرآة من الأسفل، كانت تقريبا بطولي، ورأيت شاباً في العشرين من عمره، كثيف الشارب خفيف اللحية طوله تقريبا 178 سنتيمتراً، أي أكبر مني بأربعة بوصات، شعره كثيف وعضلاته بارزة. كان ذلك الشخص هو أنا. الملابس لم تتغير ولكنها كانت تقريباً نفس طولي، بنطال أسود وقميص أحمر وحذاء أسود. في البداية لم أصدق هذا ولكن حينما بدأت بفحص نفسي أصبحت مقتنعاً أن الرحلة أثَّرت على جسدي بشكل كبير. أصبحت أكبر بسبع أو ثمان سنوات. هل

حقاً هذه هي نتائج السفر عبر الزمن؟! يبدو أنك قد سرحت بأفكارك أيها الشاب. نهضت من على كرسيها ونزلت من على الأدراج. كان السلك ما يزال متصلاً بظهرها. تقدمت حتى أصبحت بالقرب مني واستطعت أن أشم رائحة زهور وهي تنبعث منها. كانت تقريباً بطولي.

قلت لها وأنا أحاول أن أحارب الرائحة الزكية التي تأسر الروح: من تكونين؟

- لا تقلق، فقط استرح. ووضعت يدها اليسرى على رأسي فتوقف جسدي عن الحركة ووجدت نفسي أسقط من السماء في ليلة ممطرة.. كانت سرعتي كبيرة.. سقطت في منزل قديم واصطدم رأسي بالأرضية ولكني لم أصب في الحقيقة، لم أشعر بشيء. كان منزلاً ريفياً مصنوعاً من الخشب. تجولت في أركان المنزل حتى وصلت إلى غرفة موصدة بسلاسل حديدية. سمعت صوتاً يصدر من الأعلى، **وقال لي**: أنت الآن في عقلك؟

- ومن تكون.

- أنا عقلك، مهما حدث فلا تفتح الباب.

- لماذا لا أفتحه؟

لم يجبني.. تحرك جسدي من دون إرادته، وبدأت أشد السلاسل.. كانت ذراعي على وشك أن تتقطع من الألم.. انكسرت السلاسل وسقطت على الأرض. استعدت السيطرة على جسدي وأخذت نفساً عميقاً. سمعت صوتاً آخرَ، وكان هذه المرة يصدر من خلف الباب: "افتحني لكي تكتشف الحقيقة".

كنت متردداً، ولكني استسلمت لدافع الفضول. فتحت الباب ودخلت. كنت في غرفتي التي تركتها قبل أيام. لم يتغير شيء فيها ولكني أدركت أن كرسي والدي موجود بالقرب من سريري. كانت آخر مرة رأيت فيها هذا الكرسي عندما كان عمري 12 سنة. كانت أيضاً آخر مرة أسمع بها قصة من والدي. بعد تفكير أظن أني أتشارك مع والدي بعض الذكريات السعيدة. بدأ الكرسي بالاهتزاز.. رأيت والدي جالساً على الكرسي ويقرأ كتاب ألف ليلة وليلة وكان يقرأ حكاية التاجر مع العفريت. أغلق الكتاب ونظر إلى بنظارته الباردة الخالية من المشاعر.

قال لي: كنت بانتظارك، تعال واجلس بقربي.

- من تكون؟ أعلم أنك لست والدي. ما الذي يحدث هنا بالضبط أيتها الروبوت؟ ما الذي تفعلينه بعقلي؟

- لن تستطيع سماعك؛ إنها الآن تراقبنا من خلف الستار.

- ما هذا المكان، ما الذي يحدث هنا؟ ومن تكون بالضبط؟

- أنت تعرفني جيداً فلقد تقابلنا عدة مرات في السابق. هل

نسيتني؟

حدَّقْتُ.. تكوَّن شخصٌ أمامي.

الفصل الحادي عشر
لقاء مرة أخرى

- حسناً إذاً، أظن أنه لا توجد فائدة من إخفاء نفسي، أليس كذلك؟

عاد إليَّ ذلك الشعور.. قلتُ: لا أصدق.. إنه أنت! رجل العباءة السوداء.

- بعدما قمت بإضاعة منقذك فلن تستطيع أن تخرج من هذا المكان، حتى تلك الآلية لن تقدر على مساعدتك.

قرب يديه إلى فمي وبدأت روحي تنسلُّ من فمي. كنت أحتضر من الألم. نظرت إليه نظرات استعطاف: لماذا تفعل هذا؟ لماذا أنا؟

- ما الفائدة من إخبارك الحقيقة، ما هي إلا لحظات حتى تودع هذه الحياة.

صدر نور من السماء أحرق الرجل ذا العباءة فتراجع إلى الظلام واختفى. كانت الآلية.. عدت إلى العالم الحقيقي.. أزاحت يدها عن رأسي، وعادت إلى كرسيها.

- ما الذي حدث بالضبط؟

- يبدو أني كنت مخطئة بشأنك.. ذلك المخلوق الذي رأيته لا يعود إلى هذا العالم أو إلى هذا الكون، إنه من زمن وكون آخرين. استطاع أن يقطع اتصالي معك لفترة قصيرة ولا أحد استطاع أن يقطع اتصالي من قبل.

- إنه يمتلك قدرات سحرية.

- لا.. أنت مخطئ، إنه يمتلك تكنولوجيا عالية.

- وكيف عرفتِ هذا؟ هل تؤمنين بأن هناك قدرات سحرية تفوق التكنولوجيا والعلم؟

- إني أومن بالسحر، ولكن صدقني إني أعرف السحر حينما أراه.. لقد كنت فيما سبق ساحرة. نظرت إليها باستغراب. أُرْدفَت: نعم أنت محق.

- محق في ماذا؟

- كيف لآلية أن تتعلم السحر؟ كيف؟ بعد ذلك الاتصال أصبحت جزءاً منّي كما هو حال الجميع هنا. أستطيع قراءة

أفكارك ومشاعرك، بل حتى أستطيع أن أرى بعينك وأشم بأنفك وأتكلم بفمك!

- وهل قمتِ باتصال عقلي مع جميع سكان المدينة؟

- أظن أن الطبيب سبعة قد أخبرك عن الشريحة. هذه الشريحة هي جزء من عقلي، يقوم رجال الأمن الذين بنيتهم وبرمجتهم على خدمتي بزرع شريحة للأطفال حينما يخرجون من بطون أمهاتهم. حتى الأطفال الذين يولدون في الأماكن المظلمة وسط القاذورات أستطيع أن أراهم. أنا أرى وأشعر بكل شخص موجود في هذه المدينة. انظر إلى الشاشة. إنه أنا في مكب النفايات. نعم لقد رأيتك في ذلك المكان وأثرت فضولي بملابسك وشكلك. حاولت الاتصال بشريحتك ولكني اكتشفت أنك لا تمتلك شريحة، اعتقدت أنك عدو أرسلت من قبل الملوك الأربعة.. لقد رأيتك، دمك نقي خال من الإشعاعات النووية. علمت أنك لا تنتمي لهذا الزمان.

- لم أفهمكِ!

- حسناً.. قبل أربعين سنة قُرعت طبول الحرب، وقامت الحرب العالمية الثالثة كما توقع الكثير من الخبراء في زمنك؛ أن الحرب الثالثة سوف تكون آخر حرب، ولأول مرة في التاريخ يقول البشر شيئاً حقيقياً. تحاربت معظم دول العالم والدول التي كانت حيادية دُمِّرت من قبل الدول الأخرى. كانت حرباً

مجنونة من دون مشاعر، كل ما كان يهم الدول هو الانتصار. بعد سنوات وحينما عَلِمَت أمريكا وروسيا أن الحرب بالأسلحة التقليدية لم يعد لها فائدة، قرروا أن يستخدموا الأسلحة المحظورة، وهي أسلحة الدمار الشامل أو الصواريخ النووية. دُمِّرَ العالمُ وانتشرت الأمراض! لحسن الحظ قام مخترع باختراع آلة تشبه ابنته. كان ذلك المخترع يرغب باستعادة ابنته التي ماتت في الحرب.. بعد سنوات مات المخترع بسبب مرض السرطان الذي قتل ملايين البشر! في يوم من الأيام كانت تلك الفتاة تمشي وسط مدينة محطمة كل ما كنت تراه هو الأبنية المهدمة والجثث المحروقة. وقفت على أحد الجبال ورأت حقيقة العالم وبعد سنوات من المشي من دون توقف كافأتها السماء وأرسلت لها رسولاً من السماء وأصبح معلمها.

- ومن كان ذلك الرسول؟

- لا يخبرني باسمه مع أننا قد قضينا عشر سنوات، عَلَّمَني كيف أُحدِثُ تغييراً في حياة الناس وكيف أؤثر عليهم. بفضل ذلك الشخص استطعت أن أنقذ ملايين الناس، وأن أبني مجتمعاً راقياً.. المجتمع المثالي.. أهلا بك في الفردوس. **تابَعَتْ:** لسوء الحظ كان تركيزي كله منصبّاً على تكوين المجتمع المثالي وغفلت عن الظلام الذي كان يتكون في الأزقة والنفايات. ظهرت مجموعة من الإرهابيين تُدعى "زيروا"، وهذه المنظمة كغيرها

من المنظمات المتطرفة هدفها أن تجعل الشعب هو يحكم نفسه. قضيت عشرين سنة في بناء هذه المدينة ويريد مني هؤلاء الفئران أن أعطيهم الحكم في هذا العالم. لا يوجد شيء اسمه حريةِ، والشخص الذي ينادي بالحرية ما هو إلا شخص لديه مصالحه الخاصة. يريدون بناء مجتمع أكثر حرية، ولكني أعلم جيداً ما الذي يريدونه.. إنهم يريدون الحكم، يريدون السيطرة على السكَّان.

- ولكنكِ لا تختلفين عنهم؟

- أنت مخطئ أيها البشري، أنا أم، ويجب أن أحمي أبنائي. كل شخص يعيش في هذه المدينة صغيراً كان أم كبيراً، بشرياً أم روبوت هو أحد أفراد أسرتي، ولن أسمح لشخص أن يهدم أسرتي أو بيتي، لهذا أريدك أن تعطيني الحجر.

- الحجر؟

- لقد تشاركنا الأفكار والذكريات لهذا أنا أعلم بشأن الحجر وأعلم قصته.. لقد أخبرني معلمي.

- أخبريني عنه.

- كما ورد في النبوءة التي وضعها قبل أن يختفي؛ أن الحجر هو الشيء الوحيد القادر على إنقاذ العالم ومسح الظلام، بواسطة هذا الحجر لن أستطيع فقط مسح زيروا عن

الوجود، بل سوف أستطيع أن أحكم الممالك الأربع، وبعدها سوف أحصل على عائلة أكبر وعالم خاص بي.

- لم يعد الحجر معي.

- ماذا؟ لا تكذب علي! لقد قرأت ذكرياتك.

- لقد أخذه ذلك الرجل العجوز الذي يعمل في المدينة.

- لا تكذب علي.

نهضَتْ من على الكرسي وتقدَّمَتْ مسرعةً باتجاهي.. أمسكَت بعنقي ورفعتني عن الأرض وكشَّرت عن أنيابها؛ أصبحت عيناها أكثر احمراراً. بعد ثوان أنزلتني على الأرض وأخذتُ نفساً عميقاً.. مسحتُ عنقي.. نظرت إليها **فقالت لي:** أنت صادق.. ولكن لماذا لم أستطع أن أتشارك معك هذه الذكرى، متى حدث هذا؟

نهضتُ وقلت لها:

- قبل ساعات.

- هذا مستحيل! إلا إذا...

توجَّهت إلى إحدى الشاشات وبدأت بتحريك يدها، كانت الشاشة تصور سكان المدينة مباشرة، رجعت بالشريط إلى الوراء حتى الساعة السابعة من مساء أمس.. **قالت:** أهذا أنت؟

- نعم.

قرَّبَت الصورة.. قالت: هذا هو المطعم.

- نعم.

- ولكن انظر إلى من تتحدث.

- لا أصدق، إنها خالتي! كيف حدث هذا؟

توقف الشريط عن العمل..

قالت الآلية: لربما يكون أحد أفراد عصابة زيروا، إنهم يمتلكون تكنولوجيا متقدمة حصلوا عليها من الممالك. **نظرَتْ إلي:** يجب علينا أن نستشير خبيراً.

نزلت شاشة أخرى من الأعلى، فُتِحت الشاشة وظهر رجل آلي يلبس درعاً ذهبياً، **قالَتْ له:** حوَّلني إلى السجين 1.

أجاب: حسناً سيدتي.

انطفأت الشاشة وعادت إلى العمل مرة أخرى.. ظهرت صورة رجل أبيض البشرة مقيد بسلاسل حديدية ضعيف البنية كثيف شعر اللحية والرأس، كان اللعاب يسقط من فمه. كنت قادراً على سماع صوت شخيره، اندفع تيار كهربائي من الأصفاد الحديدية فاستيقظ الرجل وهو يصرخ. **قال الحارس له:** استيقظ، الوالدة تريدك.

نظر إلينا نظرة أشبه بنظرة سفاح، تلك النظرة ذكرتني بردع، كانت عيناه مملوئتين بالغضب.

- أخبرني الآن، هل تمتلك زيروا تكنولوجيا تساعدهم على التشكل بأشكال أشخاص معينين؟

- لن أخبرك بأي شيء أيتها اللعينة!

اندفع تيار كهربائي أشد قوة من السابق أنار المكان.. بدأت الدماء تخرج من فم الرجل.. كان الدخان يتصاعد من شعره من قوة الصعقة الكهربائية. **قالت:** هل غيرت رأيك أم إنك ما زلت مصراً حتى الآن على الإنكار؟

- لماذا لا تقتلوني أيها الملاعين؟ هل تظنونني دمية بين أيديكم؟ الحرية والحرية للبشر، فليسقط الآليون!

نظرتُ إليها وكنت على وشك أن أسألها عن ماذا يتحدث هذا الرجل، ولكني خفت أن أوضع بقفص بقربه!

- أعطوه صعقة ثالثة.

اندَفَعت صعقة أقوى من الثانية، وفقد الرجل الوعي وبدأ شعر رأسه بالاشتعال. دخل الآلي ذو الدرع الحديدية وسكب الماء على شعره، وأخرج كيساً من معدته الحديدية وقرَّبه إلى أنف الرجل فاستيقظ واستمر التعذيب.

الفصل الثاني عشر
التعذيب

صراخ الرجل يصم الآذان.. صرختُ بأعلى صوتي: توقفي عن هذا!

توقَّفَت التيارات الكهربائية، تحطَّمت السلاسل، وسقط الرجل على الأرض...

- ماذا؟ أتوقف، ألا تدرك أن هذا الرجل ينتمي إلى أخطر منظمة إجرامية؟ هذا شخص قتل الكثير من المدنيين! لقد فجَّر عبوة ناسفة في محطة القطار قبل أشهر وقتل خمسين شخصاً، وأصيب الكثير من الأطفال والنساء والكبار، وفوق هذا إنه شخص مهم في التنظيم. هناك شيء واحد عليه أن يفعله لكي أعطيه الحقنة القاتلة...

- الحقنة القاتلة، ماذا تعنين؟

- أعني السُّم.

- هل تريدين أن تقتليه؟

- بالطبع، لقد قبضنا عليه قبل أسبوع وعذبناه لمدة أيام وساعات لكي يعطينا المعلومات، ولقد أعطانا إياها.

- ألا ترين أنه الآن على حافة الموت؟! إنه لا يعلم شيئاً!

- لا.. أنت مخطئ! أيها الحارس اضربه بالعصا الكهربائية.

قام الحارس بضرب الرجل بالعصا.. كان الرجل كالجثة، كلما كنت أسمعه هو صوت العصا وهي تقطع جلده وتمزق عضلاته. بدأ الدم يتسرب من جلده. بعد ثوان توقف عن الضرب وقرب يده إلى عنقه ونظر باتجاه الكاميرا **وقال:** لقد رحل.

قالت: لا بأس، سوف نجد حشرة غيره.

نظرت إليها وقلت: إنه ليس حشرة بل كان رجلاً.

- هذه هي النظرات التي تتميزون بها أيها البشر.. أعطِني يدك.

- ولماذا أفعل هذا؟

أمسكت بيدي وضغطَتْ عليها.. حُفِرَ على قبضتي خَتمٌ أزرق كان أشبه بعمود أزرق ثم تلاشى الختم.

قلت لها مستغرباً: ما هذا؟

- هذه تكنولوجيا، أستطيع من خلالها أن أعرف مكانك وأراقبك في أي مكان وفي أي زمن.

- ماذا؟

- كل هذا من أجل مصلحتك.

سمعت صوتها في داخلي، **كانت تقول أيضاً:** "أستطيع أن أتواصل معك". سوف يعود ذلك الشخص مرة أخرى، وهذه المرة بالتأكيد سوف يأخذك معه.. لن يستطيع أن يمتص روحك في هذا الزمن، هل تعلم السبب؟

- لا.

- لأنَّك لستَ من هذا الزمن، يجب أن تعود إلى زمنك، سوف تتلاشى وتختفي إلى الأبد. انظر إلى رِجْلِك.

- لا يعقل! إنها تُصبح شفَّافةَ.

- هناك حل واحد فقط؛ أن نجعله يأتي إليك سوف أقوم بفتح بوابة بين عالمنا وعالمه. ذلك الأحمق خلَّف آثاراً خلفه، لا أعلم لماذا فعل هذا.

أخرجَت كتاباً من شعرها الكثيف، فتحته وبدأت تنشد ألفاظاً مزعجة وبلغة غريبة. بدأ الهواء بالتشقق. انفتح شق بالقرب مني وخرجت يد بيضاء ذات مخالب من الشق، وخرج

رجلٌ ذو عباءة. نظرت إلى الآلية وأدركت أنها لم تعد تتحرك، تفحصت المكان ورأيت الشاشات. أدركت أن الزمن قد توقف.

تحدث بصوته الخشن الذي يدخل إلى أعماق روحك: "كان من الحماقة أن تفتح البوابة، والآن هيا، تعال معي".

أمسك بعنقي وسحبني إلى الداخل. كنت أُسْحَبُ بسرعة الضوء إلى ثقبٍ ملون، سقطت على كومة من الرمال. وقف الرجل بقربي وشعرت أن المشهد سوف يعاد من جديد، يقوم بإمساكي ويحاول امتصاص روحي ولكن هذه المرة كان الوضع مختلفاً؛ اقترب مني ومرت يداه من جسدي، أخرج الحجر من عباءته. كان الحجر يشع باللون الأخضر.. ما الذي يحدث؟ هل يمكن أن تكون الآلية؟ فُتِحت بوابة أخرى وخرجت الآلية ولكن هذه المرة لم يكن السلك متصلاً بظهرها.

- هيا، ادخل البوابة سوف أتكفل بأمره، إذا قابلت المعلم أبلغه تحياتي. ودخلت البوابة.

الفصل الثالث عشر
حياة جديدة

"استيقظ.. استيقظ".

فتحتُ عينيّ ورأيت مجموعة من الممرضات والأطباء يحدقون بي من الأعلى. كنت ممداً على ظهري، ونور المصباح يضرب في عيني. فتحت فمي وحاولت الكلام لكني لم أستطع التحدث.. شعرتُ أن جسدي أصبح مخدَّراً بالكامل. كانت عيناي حساستين من الضوء. كنت أحاول أن أقول لهم أن يخفضوا حدة المصباح.. كان الجميع يحدق بي بابتسامة غريبة.

قال الطبيب ذو البشرة البيضاء: أخيرا استيقظ "مستر" سعيد.

كنت أقول في نفسي: (من سعيد هذا؟ اسمي هو أحمد!). استمر في حديثه وقال: لقد كنت في غيبوبة لمدة خمس عشرة سنة، لقد فقدنا الأمل منك، ولكن زوجتك لم تفقد الأمل،

حتى أولادك لم يفقدوا الأمل. عليك أن تشكر الرب وتشكرهم. اقترب مني ووضع يده على كتفي **قائلاً:** لا تقلق، سوف تستطيع الحركة والكلام؛ بعد أيام سوف ندخلك برنامج تأهيل، لا تقلق بشأن التكاليف، لقد تكفَّلت زوجتك بالأمر، والآن سوف نخرج وندعك ترى عائلتك.

خرج الأطباء من الغرفة وأغلقوا الباب. لا بد أن تلك البوابة أرسلتني إلى بُعدٍ آخر، ويبدو أنه أغرب من السابق. كنت عطشانَ لدرجة أني كنت أحاول أن أخرج لساني من فمي لكي يتعرض لبرودة الغرفة. أخرجت لساني وشعرت أني أتحسس شَعْراً.. لا بد أن لحيتي أصبحت طويلة لدرجة أني ظننت أن عمري مئة سنة.

فُتح البابُ ودَخَل شابَّان، على ما أظن أنهما في بداية العشرينيات. تقدما نحوي وحضناني.. رأيت ظِلَّ امرأة يدخل: ابتعد الشابَّان عني ورأيت امرأة تشبه أمي واقفة خلفهما، حضنتني والدموع تملأ عينيها. كانت **تقول لي:** لا أصدق، لقد استيقظت! كنت متأكدة أن الرب لن يضيِّع صلواتنا.

بعد ثوانٍ من الأحضان والقبلات والدموع، دخل الطبيب وابتسامة مرسومة على وجهه، **قال:** لقد كان ظنُّك في محله يا أم وسيم، وأخيراً استيقظ زوجك.

بحق الجحيم، ماذا يقول هذا الرجل؟! أم وسيم زوجتي! لا يمكن هذا.. إنها أمي! بالطبع على أن أخرج من هذا العالم يجب أن أعود إلى عالمي. اقترب الطبيب مِنّي وقام بتفحص رأسي قائلاً:

- اطمئني يا أم وسيم، كلها أسابيع وسيعود زوجك كما كان. إني أعلم أن كثيراً من الأحداث والسنوات قد فاتتك، ولربما حينما تخرج للعالم سوف تصاب بالجنون أو الدهشة. خلال العشر سنوات السابقة حدثت الكثير من الأحداث، لقد سقط الملك، وأيضاً أصبحت مملكة عين الخليج جزءاً من مملكة السماء، أي إننا الآن نتبع نظاماً دكتاتورياً، لهذا سوف أعطيك أول نصيحة سوف تنجيك في هذا العصر الجديد: مهما فعلت فلا تتحدث عن السياسة أو عن الدين.

لم أجد أمامي إلا خياراً واحداً، وهو يهز رأسي ببطء.. تحدَّث الطبيب مع أسرتي بصوت خفيف في ركن من الغرفة.. كنت أنظر إليهم من بعيد... كانت ابتسامته تكافح لكي لا تمسح. خرج الطبيب وجلسوا على كراسٍ مخصَّصة للضيوف. في البداية كنت أظن أن نسخة والدتي تشبهها ولكني كنت مخطئاً. كانت هناك شامة تحت فمها.. لم تكن والدتي تمتلك أي شامات على وجهها!

قال الابن الطويل المفتول العضلات: لقد كنت متأكداً أنك سوف تستيقظ يا أبي.. حينما سمعت خبر استيقاظك رميت ورقة الامتحان وجئت مباشرة إلى المستشفى.

قالت الأم: من نظراتك هذه تجد صعوبة في التفرقة بين عليٍّ ووسيم.. لا ألومك على هذا فلقد فاتتك الكثير من أعياد الميلاد والكثير من المواقف والذكريات، لكنني أعدك أن أجعل حياتك جنة.

تحدث الشاب الأقصر قامة ذو الشعر الأسود: لقد قامت والدتي بِشِراء منزل جديد لنا قبل سنة.. لا تفسد إحدى المفاجآت. على أي حال، وسيم طالبٌ في كلية الهندسة، إنه في السنة الأخيرة، إنه يدرس في جامعة شعاع، نفس الجامعة التي حصلت فيها على شهادة الماجستير وبعد شهرين من الآن سوف يصبح في الثالثة والعشرين، أما علي فلم يفضل دخول الجامعة؛ إنه يعمل في شركة لبيع الأثاث. لم يفضل العمل في شركة، لكن لا تحزن، فهو يحصل على راتب محترم، وأيضاً يمتلك شقته الخاصة، وهو الآن يواعد ابنة صديقك المفضل حسام.

قال علي: لسوء الحظ، لقد توفي العم حسام قبل خمس عشرة سنةٍ.. كان معك في السيارة.

نظرَت الأم إلى ابنها نظرات غضب فأغلق فمه، ثم نَظَرت إليَّ قائلة: نعم ما يقوله صحيح.. لكن انظر إلى الجانب المشرق، فبعد أسبوع من الآن سوف نقيم لك حفلة خاصة هنا في المستشفى، وسوف ندعو جميع أصدقائك القدامى. ربما إن قابلتهم لن تتعرف عليهم، لكن هناك أشخاصاً سوف تعرفهم مباشرة، كالعمَّة هند، والخال راشد، وأيضاً محامي الأسرة.

قال وسيم: نعم، أنتِ مُحقَّة، هؤلاء الأشخاص لا يكبرون وتتغير مظاهرهم، والسبب يعود إلى أنهم باعوا أرواحهم للشيطان.

قلت في نفسي: (الشيطان.. رجل العباءة، هل من الممكن أنه قام بالتلاعب بالبوابة وأنا الآن جرذ في مختبره؟ لا يمكنني أن أدع هذا اللعين يتلاعب بي، عليَّ أن أخرج من هنا، هيا تحرك).

قال وسيم: ما الذي تفعله يا أبي سوف تؤذي نفسك.

قالت الزوجة: توقف يا عزيزي إنه يمزح، عليك أن تصبر، سوف تعود للحركة في أقرب وقت، فقط اهدأ.

دخل طاقم التمريض وقاموا بتثبيتي وحقني بتلك الحقنة، كانت تكفي أن تغلق كل حواسي ما عدا حاسة السمع. لم أكن قادراً على النظر أو الحركة، بل كنت قادراً فقط على الاستماع.

لم أشعر بالخوف بل بالسعادة؛ لأني الآن سوف أعرف الحقيقة.

قال الطبيب: لا تقلقوا، هذه الحالة تحدث لكثير من المرضى حينما يستيقظون، إنها رد فعل طبيعي يقوم بها الدماغ. لسوء الحظ أن معظمهم يظنون أنفسهم أنهم ما زالوا في غيبوبة وأن كل ما يحدث حولهم ما هو إلا فلم كبقية الأفلام التي يعيدها الدماغ، فيَصِلُ المريض إلى حالة لا يعرف فيها الفرق بين الحقيقة والخيال.

قالت الزوجة: ما الذي تعنيه؟ هل سوف تتدهور حالته أكثر؟

- لا، لن يحدث هذا.. أعني أنهم يعتقدون أن الواقع ما هو إلا أحد الأفلام التي يعرضها الدماغ.

قال وسيم: إذاً ما هو الحل؟

- كل ما علينا فعله الآن هو أن ننتظر حتى يستيقظ.. لا تخافوا، لقد وعدتك أن أحافظ على حياة زوجك وأنا عند وعدي. أنتم الآن كعائلتي، أول أسرة أتعرف عليها وأول حالة غيبوبة تأتي إليّ. تعلَّمت الكثير من الأشياء منكم.

الفصل الرابع عشر
محاولة قتل

بعد ساعات من النوم استيقظت على أصوات دق الباب.. دخلت امرأة غريبة لم أستطع التعرف عليها.. **قالت:** إذاً لقد استيقظت أخيراً.. بعد كل هذه السنوات استيقظت! يبدو أنك نسيت الجريمة التي ارتكبتها؟!

بدأت بالتلعثم وقلت **لها:** أنا لست من هذا العالم، لقد جئت من عالم آخر.

- لن تستطيع أن تخدعني، تمنَّيت أن تبقى في غيبوبة حتى تموت، ولكن على ما يبدو أن الربَّ يريد مني أن أقتلك بنفسي. كنت أرغب، حصلت على مئات الفرص لقتلك حينما كنت في غيبوبة، ولكني لم أفعل، هل تعلم ما السبب؟ لأني أريدك أن ترى وجهي قبل أن تموت.

أخرجت حقنة من جيبها..

قلت لها: قبل أن تقتليني أخبريني ما الذي فعلته بك؟

- يبدو أن الغيبوبة قد مسحت أهم لحظة في حياتك! حسناً، سوف أكون رحيمة معك وسوف ألبي طلبك الأخير: قبل خمس وعشرين سنة، وقبل أن تصبح ثرياً وتدير أكبر سلسلة فنادق في المدينة كنت مجرد شرطي، وليس أي شرطي، بل شرطي فاسد، كنت تبتز الناس الأبرياء وتأخذ الرشوة من المجرمين! لقد كنت أحقر شرطي في المدينة. في يوم من الأيام ولسوء حظ زوجي أنه ارتكب مخالفة مرورية فغرَّمته المخالفة، ولكن أيضاً عَرَضَّتَ عليه عرضاً.. كنت تعرف أنه خسر وظيفته وأنه لا يمتلك المال ويريد أن يحصل على أيِّ وظيفة مقابل أن يطعم عائلته، أخبرته أن هناك عملية يحتاج منه القيام بها، وأن العملية سوف تنجح، وأنه سوف يخرج بعشرة آلاف دولار، ولكنك كذبت عليه، كان فقط مجرد طعم أرسلته إلى المطار مع حزمة من الكوكايين المربوطة على صدره، وأخبرتَ حرَّاس المطار أن يقبضوا عليه فقط من أجل أن يسمحوا لك بتهريب ضعف الكمية، والأسوأ من هذا أنَّك شهدت عليه في المحكمة. لقد قاموا بإعدامه قبل عشر سنوات بعد أن قضى عشر سنوات في السجن. أنا متأكدة أنك لم تكن في الفردوس

بل كنت في الجحيم، لربما ظننت أنك خرجت، لكن بواسطة هذه الحقنة سوف تعود مرة أخرى إلى الجحيم، إنها نهايتك.

قرَّبَت الحقنة من شريان يدي اليسرى، كنت أحاول أن أقاوم قدر المستطاع؛ صرختُ صرخة قوية أبعدَتِ الحقنة عن يدي وحاولت إسكاتي بيدها. دخلت إحدى الممرضات الغرفة وصرخت فتدخل رجال الأمن وقاموا بالإمساك بها. سقطت الحقنة على صدري وكبلوها بالأصفاد وأخرجوها. كانت تنظر إلي وتقول: هل تظن أنك سوف تفلت، هناك الكثير من الضحايا غيري.. أنا متأكدة أن نهايتك قريبة، أراك في الجحيم!

قال الطبيب: لا تقلق، سوف نوفِّر لك الحماية.

قلت له: هل تعرف ماضيَّ؟

شعرت بالفرحة حينما سمع صوتي المتعب المتقطع، حيث **قال:** يسعدني أنك استطعت الكلام، نعم تستطيع القول أن معظم الناس يعرفون ماضيك.

- ولماذا لستُ في السِّجن حتى الآن؟

- لأنك تمتلك المال، والشخص الذي يمتلك المال هو فوق القانون، رغم أنك خسرت الكثير من أموالك خلال السنوات الخمسة عشرة بسبب أخيك الذي كان يتبرع بها للفقراء، ظنّاً منه أن هذه الأموال سوف تشفع لك عند الرب.

قلت له: أرجو أن يكون ربكم هو ربي.

لم يفهم ما قلته وأمسك بالحقنة وأخرجها. في تلك الفترة كنت أسترجع الأحداث تدريجياً، ما زلت مؤمناً حتى الآن أني في بُعدٍ آخر.. تمنَّيت أن يخرج رجل العباءة الآن.. لم أكن قادراً حتى على حكِّ أنفي.. حاولت تحريك ذراعي ولكنها كانت متيبسة أكثر. عدت مرة أخرى إلى النوم وبعد دقائق فتحت عيني ونظرت إلى الساعة ورأيت أني كنت نائماً لمدة تسع ساعات.

دخل طاقم الأطباء **وقالوا لي:** لقد حان الوقت.

- وقت ماذا هذه المرة؟ كنت أتحدث براحة أكبر.

- الوقت لكي تنهض.

- لا أستطيع الحركة.

- هذه الحقنة سوف تساعدك على تحريك أطرافك.

بعد الحقنة استطعت تحريك أطرافي، ولكني كنت أشعر بثقل حينما أحرك أي عضو في جسدي.

- حسناً، شيء رائع!

مرت الأيام بسرعة، كانت أسرتي تزورني كل يومين وقد قررت أن أؤجل الحفلة حتى أسترجع قوتي وأخرج من هذا السجن الكئيب. كانت الممرضات تخرجني إلى حديقة المستشفى كل ثلاثة أيام مرةً، وكان الطعام دسماً، وكانت

المستشفى شبه فارغة. بعد أسابيع استطعت أن أسترجع نصف قوتي.. كنت أستخدم العصا في الحركة، وكنت قادراً على قضاء حاجتي من دون مساعدة، وأن آكل من دون أسلاك وأتنفس براحة، لم أكن أشعر بألم.. وبعد مرور شهرين خرجت من المستشفى.

الفصل الخامس عشر
رحلة علاج

خلال الشهرين الذين قضيتهما في المستشفى شعرت أني شخص مهم؛ كل الأشخاص الذين يعملون في المستشفى يهتمون بأمري أكثر من بقية المرضى. لأول مرة شعرت أني شخص مهم. ومع مرور الأيام بدأت فكرة واحدة تجول في رأسي ألا وهي ماذا إذا كنت حقاً في غيبوبة، وأن كل ما حصل من اختفاء والدتي إلى الهروب من الرجل المجنون إلى الحجر والرجل ذي العباءة والآلية كانوا مجرد حلم؟! كنت أتمنى أن يكون حلماً. ماذا عن ذكريات الطفولة، هل هي حلم؟

قابلت طبيباً نفسياً قبل أسبوعين من خروجي، وحكيت له ما حصل لي، قال لي إن عقلي قد خَلَق عالماً خاصاً، وشخصياتٍ شبيهة بالشخصيات الحقيقية، فقط من أجل أن يظل على قيد الحياة. في البداية لم أصدقه، ولكن مع مرور

الوقت آمنت بفكرته، والسبب يعود إلى أن زوجتي تشبه والدتي، والطبيب النفسي الذي قابلته يكاد يشبه (ردعاً) مع لحية خفيفة وشعر قصير ونظارات وبشرة أفتح ومظهر مرتب. خرجت من باب المستشفى بعدما أنهيت كل إجراءات الخروج. كانت سيارة فخمة من نوع غريب واقفة عند الباب بانتظاري، دخلت السيارة وقام السائق بوضع الحقائب وجلس عليٌّ بقربي. كانت الكراسي مريحة وباردة.. انطلق السائق... **قال عليٌّ:** وأخيراً سوف ترجع إلى منزلك وإلى عائلتك، انتظرنا هذه اللحظة بفارغ الصبر.

نظرت إليه **وقلت:** ألا يوجد غيرك أنت وأخوك وأمك، ألا يوجد لدي أقرباء أو أصدقاء؟ ولماذا لم يقم أخي بزيارتي؟

- إن العمَّ مشغول فهو مسافر لرحلة سوف تدوم لشهر آخر.

- هل العمل أهم له من أن يرى أخاه.. بدأت أشعر أنه لم يأت لزيارتي لأنه كان يتمنى موتي.

- العم قام بإنقاذ الشركة وقام برعاية الأسرة، وكان يقضي إجازته بقربك، حتى إنه رهن بيته لكي لا تفلس الشركة. قبل عشر سنوات حدثت نكسة في الاقتصاد العالمي، آلاف الشركات خسرت أسهمها، وأفلست مئات الشركات العالمية،

ومن بين الشركات التي أفلست هي شركة هولمز للفنادق.. خسرنا كل شيء. اضطر العم أن يعمل ساعات إضافية وأن يرهن كل ما نملكه ويملكه من أجل إعادة الشركة إلى الحياة، حتى إنه عاشَ في شقة صغيرة، الشيء الوحيد الذي لم يرهنه هو منزلنا. تطلب الأمرُ سَنةً كاملة من العمل المتواصل والجهد من أجل إعادة إنعاش الشركة، لذا أرجو منك أن تتفهم موقفه. سوف يزورك بعد أسبوع من الآن.

- إني حتى لا أتذكر أي شيء.

- لا تقلق، لقد قال الأطباء إن الذاكرة سوف تعود لك عمَّا قريب.

الفصل السادس عشر
الحياة الأسرية

وصلنا إلى قصر ضخم كان يقع وسط الغابة.. فُتِحت بوابة القصر.. ركنت السيارة قرب الباب؛ نزلت وبدأت أمشي بخطواتي البطيئة رغم أني استرجعت قدرتي على المشي إلا أني ما زلت أشعر بالثقل في رجلي اليسرى. أخرج أربعة من الخدم حقائبي ودخلت القصر فإذا بي أراه ممتلئاً بالضيوف. تزاحم الجميع لكي يصافحني.. كان عدد الضيوف هائلاً، جميعهم كانوا ينتمون إلى طبقات راقية. استطاعت زوجتي أن تسحبني من وسطهم، **قلت لها:** ما الذي يحدث هنا؟

قالت: إنها حفلة استقبالك، هيا، تعال معي، لقد اشتريت لك أغلى بدلة، هيا.

تبعتها إلى الطابق الثالث ودخلنا الغرفة. أخرجت بدلة سوداء مرصعة بالمجوهرات **وقالت لي:** هيا بدّل ملابسك.

حاولت أن أجد عذرا لكي أجعلها تخرج.. **قلت لها:** كما تعلمين إني كنت في غيبوبة طويلة وتلك الغيبوبة لم تأخذ عمري فقط بل أخذت ذكرياتي لهذا...

- هكذا إذاً! حسنا.. فهمتك!

خرجت من الغرفة وعلامات الأسف مرسومة على وجهها. خلعت ملابسي وارتديت البدلة ثم جلست على الفراش وبدأت بحك رجلي لعل الألم والثقل يزولان. دق شخص الباب، **قلت:** من تكون؟

قالت: إنني الخادمة يا سيدي.

- ما الذي تريدينه؟

- أريد أن أخبرك شيئاً.

نهضت من على السرير وفتحت الباب.. كانت فتاة شابة في العشرينيات، شعرها أحمر وعيناها زرقاوتان، قصيرة القامة. نظرت إليها وشعرت أنها حزينة. **قلت لها:** حسناً، ادخلي.

أدخلتها وأغلقتُ الباب... جلست على كرسي وكانت تنظر إلى الأسفل.. سكبت كوب الماء وكان الخمر بالقرب من زجاجة الماء وكنت أرغب بتذوقه ولكني كبحت نفسي، أعطيتها الكوب وشربته بسرعة. **قلت لها:** ما الذي تريدين أن تخبريني عنه؟

قالت لي: في الحقيقة.

- في الحقيقة ماذا؟ ليس لدي الوقت.!

- في الحقيقة أنا ابنتك!

- ابنتي؟! ولكنني ظننت أنه لي فقط ولدان.

- أمي ليست السيدة.. بل أمي هي الخادمة فرادين، واسمي نور، وأنت الذي أعطاني هذا الاسم.

- ابنتي؟ لا يمكن!

- يبدو أن الإشاعات صحيحة.. لقد فقدت ذاكرتك!

- هل تستطيعين أن تخبريني كيف كنت في السابق..

صمتت قليلاً، ثم **قالت**: كل شخص رأيته في الأسفل يكرهك، حتى أسرتك.

- هذا مستحيل!

- إنهم يشتعلون من الداخل لأنك ما زلت على قيد الحياة. هل تعلم أن زوجتك قامت بالزواج من رجل آخر قبل أربع سنوات؟ ولكن الزواج قد فشل. لحسن حظ الرجل أنه أخذ كثيراً من ثروتك وممتلكاتك. أتوقع أن هناك الكثير من الأشخاص الموجودين في الخارج يريدون قتلك.

- ولماذا أصدق كلامك، لا تمتلكين أي دليل أنك ابنتي؟

أخرجت ظرفا صغيرا من جيبها وأعطتني إياه **قائلة**: اقرأ ما المكتوب.

فتحت الظرف فإذا بنتائج حمض نووي متقاربة. نظرت إلى الاسمين وإذ بهما اسمي واسمها.

- هل صدقتني الآن؟

هززت رأسي **وقلت لها:** هل تريدين أن أصدق كلام فتاة أنجبتها من الخادمة؟! أين هي أمك؟

- لقد توفيت قبل عشر سنوات.. قامت السيدة بتسميمها لأنها علمت أنها كانت على علاقة معك، ولكنها لم تعلم أنها أنجبت فتاة وخبأتها، وبعد خمس سنوات أصبحت هذه الفتاة هي المساعدة الأولى لزوجتك. أنا لا أرغب بإنقاذك لأني أحبك أو لأني أريد أموالك. إني أفعل كل هذا من أجل أمي، كانت وصية أمي قبل ساعات من موتها أن أساعدك إذا عدت إلى العالم الحقيقي. قامت زوجتك بالكثير من المحاولات لقتلك على مر خمس عشرة سنة لكنها فشلت.. هل تعلم لماذا؟ بسبب النظام الأمني الموجود في المستشفى. في الحقيقة قبل سنة قامت إدارة المستشفى بتشديد الحراسة عليك لأن قاتلاً مأجوراً قام بالدخول إلى غرفتك وحاول قتلك مستخدماً إبرة.

- انتظري لحظة! قبل أسابيع حاولت امرأة أن تفعل نفس الفعل.

- نعم، لقد سمعت بالقصة ولكن تلك المرأة لم تكن من طرف زوجتك بل كانت قادمة من ماضيك البعيد وعلى ما أعتقد أنها أخبرتك بالقصة.

- هل يوجد أشخاص آخرون قادمون من الماضي؟

- معظم الأشخاص الذين سوف تقابلهم قادمون من ماضيك، أسرتك تريد أن تقتلك من أجل أموالك، أما الناس فيريدون أن يقتلوك لأنك دمرت أو أخذت شيئاً من حياتهم. لا تتوقع أن كثيراً من الأثرياء يمتلكون ماضياً مشرفاً. معظمهم يمتلكون ماضياً مظلماً مليئاً بالحسد والكره والتدمير، مثلك أنت.

- أخبريني إذاً ما الذي يجب أن أفعله لكي أخرج من قفص الوحوش؟ هل أقول لهم إني أعرف مخططهم وأتصل بالشرطة؟

- لا تفعل هذا ببساطة لأنك إذا ما اتصلت بالشرطة فإنهم سوف يعيدونك إلى المستشفى. أفضل حل هو أن تراقب ظهرك قبل أن تراقب صدرك.

- ما الذي تعنينه؟

- أي كن على حذر.. من الصعب أن يقوم شخص بقتلك بسلاح، لكن من السهل عليهم أن يقتلوك باستخدام السم؛

لأن عدد الحضور يفوق المئة، وأيضاً معظمهم أثرياء ومن أفراد عائلتك. لن تقدر الشرطة أو الدولة على احتجازهم، لهذا من الأفضل لك ألا تتناول أو تشرب شيئاً.

- ولكني أشعر بعطش شديد، لم أشرب منذ خروجي!

- حسناً، تعال معي.

ركبنا المصعد وضغطت على زر الطابق الخامس وهو الطابق الأخير، فُتح باب المصعد فإذا بي أرى باباً على بعد أمتار قليلة. **قالت لي:** خلف هذا الباب يقع مخزن الطعام. هنا نحتفظ بأفضل زجاجات الخمر والأطعمة المثلجة.

أخرجت مفتاحاً من جيبها وفتحت الباب. صدمت مما رأيت. كان المخزن يتألف من طابقين؛ طابق نحن فيه وطابق يقع أسفلنا. كان الطابق الذي نقع فيه مخصصاً للحلويات وبعض الأطعمة المجمدة، ويوجد فيه باب حديدي يقود إلى ثلاجة اللحوم، أما الطابق الذي يقع أسفلنا فهو مخصص للخمر.

قلت لها: لكني لا أشرب الخمور، إني مسلم.

قالت لي: إن الإسلام لم يحرم الخمور.

قلت لها: هل تمزحين معي؟! إنه مذكور في القرآن.

- لا، إنه ليس مذكوراً في القرآن.

- حسناً، هل يوجد ماء أو عصير؟

- نعم، لدينا عصائر صناعية وهي قرب رفِّ الفودكا.. تعال معي.

نزلنا الأدراج ووصلنا إلى طابق الخمور! كان الطابق السفلي أبرد من الطابق العلوي، وكانت الخمور مخزنة بعناية ودقة. كان كل رف يتسع لخمس زجاجات ومجموعة متنوعة من الخمور منها ذات قيمة منخفضة ومنها ذات قيمة عالية. وصلت إلى قسم العصائر. كانت الرفوف ممتلئة بالعصائر المعبأة في زجاجات، جميع أنواع العصائر.

- اختر الذي ترغب بشربه.

اخترت عصير توت.. رفعت يدي لكي أحصل على زجاجة وفيما أنا ممسك بالزجاجة إذا بي أرى لوحة غريبة بين قسم العصائر وقسم الخمور.. تركت الزجاجة وقلت لها: ما تلك اللوحة؟

نظرَت إليها فقالت: إنها لوحة قديمة أعطاها لك جدك.

كانت اللوحة عبارة عن دائرة بيضاء.. رفعت كم قميصها الأيسر فإذا بي أرى وشما شبيهاً بالمثلث مرسوماً على ساعدها الأيمن.. الرمز المرسوم جزء من شعار العائلة الذي أسسته.. هذا المثلث.. إنه.. الحجر!

- أين يمكنني أن أجد هذا المثلث؟

- إنه ليس حقيقياً، إنها مجرد رسمة قام جدك برسمها على قميصك قبل أن يموت.

- أين هو هذا القميص؟

- إنه موجود في الخزينة.

- وأين تقع؟

- أنت والسيدة فقط من تعرفان بمكانها. أخذت عصير البرتقال الذي كان أمام عيني ونزلنا الأدراج. **قالت**: إلى أين تريد أن تذهب؟

- سوف أذهب لكي أسألها عن الخزينة.

- ألا تريد أن تأكل؟

-    لا يوجد وقت للأكل.

توجهت مباشرة إلى القاعة الكبيرة وبدأت أبحث عنها. بعد دقائق أصبحت محاطاً بالضيوف من جميع الاتجاهات، كان البعض منهم يحدثني عن تجربة روحي التي مررت فيها حينما كنت في غيبوبة، وآخرون يحدثوني عن خطوتي التالية. لم أكن أجد متسعاً للتنفس، شعرت أنهم يلتصقون بي لكي يمنعوا وصول الأكسجين. قامت يد بإمساكي وإخراجي، نظرت إلى الشخص الذي أخرجني ورأيت أنه صبي في العاشرة ذو شعر

أصفر ويلبس بدلة صفراء. **قال لي**: إني أعلم جيدا أنك لست من هذا الكوكب، لقد جئت من مكان بعيد.. عليك أن تعود، أنت لا تنتمي إلى هنا، إن بقيت فسوف تختفي.

كان ينظر إلي بنظراته الباردة.. أمسكت بيده **وقلت له**:

- أخبرني كيف أعود؟

كنت أشد يده، **قال لي أحد الضيوف**: سيد سعيد، ما الذي تفعله بابني؟

قلت له: اصمت، لا تقاطعني. قام برفع يدي عن الصبي.

قلت له: ما الذي تفعله بحق الجحيم؟ هرب الصبي.

قال لي: لن أسمح لك أن تعامل ابني بهذه الطريقة، سيدي أريد منك أن تعتذر.

- لا، لن أفعل ذلك الصبي يمتلك معلومات أريدها.

- إنه مجرد طفل وأنا متأكد أنه لا يمتلك أية معلومات.

تحول الجدال الكلامي إلى جدال جسدي. تجمع الضيوف حولنا وحاولوا إيقاف الشجار.. قامت زوجتي بسحبي إلى الأعلى واعتذرت للضيوف.. اصطحبتني إلى غرفة مجموعة في الطابق الثاني **وقالت لي**: ما الذي كنت تفعله؟

- ذلك الشخص لا يفهم.

- لا، أنت الذي لا يفهم، رأيتك تعنف ابنه! إن أول قاعدة تتبعها طبقة النبلاء هي أنه لا يحق لأحد أن يعنف أبناءهم.

- حسناً، حسناً... أريد أن أسألك عن شعار العائلة.

- هل تعني المثلث؟

- نعم، أريد الحصول عليه.

- إنه ليس موجوداً، إنه...

- نعم إني أعلم أنه مجرد شعار.. أين هو القميص؟

- لقد قمت بإحراق القميص منذ فترة طويلة، أي ما يقارب عشرين سنة.

- ولماذا قمت بإحراقه؟

- على ما أذكر أنك كنت غاضباً.

- أرشديني إلى الخزينة.

- ولماذا؟ هل تريد بعض المال؟

- لا.. أريد أن أتأكد.

- حسناً، ولكن ليس الآن.

- ولماذا؟

- حينما دخلت في غيبوبة قمنا بتغيير بصمتك التي تفتح الخزينة، قمنا بوضع أربع بصمات؛ بصمتي وبصمتي أبنائك وبصمة أخيك.

- إذا أنت تقولين أن الخزينة لا تفتح إلا حينما يبصم الأربعة؟ لماذا فعلتم هذا؟

- لقد ظننا أنك سوف تموت، ولهذا قمنا بتغيير البصمة.

الفصل السابع عشر
الماضي

- ولكني الآن على قيد الحياة!

- عزيزي ما حدث في الماضي يبقى في الماضي، ركِّز الآن على الحاضر.. مهما كان الشيء الذي رأيته في الغيبوبة فعليك أن تنساه.. أنت الآن محاط بأصدقائك وأسرتك.

- هل حقاً أنتم أصدقائي وأسرتي أم إنكم مجرد ذئاب تنتظر الفرصة لقتلي؟

- ما الذي تتحدث به؟

- نور أخبرتني بكل شيء.. قالت لي إنكم تنتظرون الفرصة المناسبة لقتلي والتخلص مني والاستيلاء على أموالي.

- نور الخادمة فعلت هذا؟

- نعم، هي التي أخبرتني.

- حسناً، يبدو أنها نسيت أهم قاعدة: الخادم يظل خادماً..
سوف أقوم بطردها بعد الحفلة.

- لا تفعلي هذا.

- ولماذا؟ هل تكن مشاعرَ لتلك المرأة؟

- أخبريني، هل كل شيء في هذا المنزل ملكي؟

- نعم.

- إذاً أنا الوحيد القادر على طرد نور!

- حسناً، كما تريد، ولكني سوف أعاقبها.

خرجت من الغرفة وسمعتُ صوتاً ينادي: "لم أتوقع أن الرب سوف يعطيك فرصة ثانية لكي تكفر عن ذنوبك". نظرت خلفي فإذا بي أرى رجلاً طويلا أصلع الرأس أبيض البشرة يلبس بدلة بيضاء. أكمل حديثه: "كما يقولون: حب الله يفوق حب الأم".

قلت له: من تكون؟

- يبدو أن الإشاعات صحيحة، لقد فقدت ذاكرتك. حسناً تستطيع أن تدعوني برقم سبعة.

- وهل يوجد أشخاص في هذا الكوكب يلقبون بالأرقام؟

ابتسم وظهرت أسنانه البيضاء: هل الأسماء خاصة بنا أخوة معبد الشمال؟ أنت تنتمي إلى طائفة دينية متشددة تدعى

أخوة معبد الشمال.. امتصت العلمانية كل الأديان ولكنها نسيت أن تمتص أخطرها!

- أخبرني المزيد.

- سوف أخبرك المزيد لاحقاً.. لا أريد أن أدمر حفلتك بحقائق مرعبة.. انصرف من أمامي.

تجمدت في مكاني، أصبحت الآن متأكداً أني لا أنتمي إلى هذا العالم. قادتني رجلاي إلى باب لم أره من قبل.. دفعت الباب ببطء ودخلت غرفة مظلمة وأغلقت الباب. كان الضوء يصدر من الأعلى وينير بقعة صغيرة من الغرفة، كانت هناك لوحة معلقة في آخر الغرفة، ويوجد شخص مرسوم عليها لم أستطع أن أرى تفاصيل وجهه. فُتح الباب فالتفت خلفي.. كانت نور، **قالت لي**: كنت أتبعك.

- ما هذه الغرفة؟

- لا أعلم! هذه الغرفة لم تفتح أبداً، والغريب أنها مفتوحة اليوم.

- اجلبي لي مصباحاً.

قالت: ساعتي تحتوي على مصباح.

أخذت الساعة وضغطت على زر فانطلق ضوء من الساعة.

وجهت الضوء نحو اللوحة ولم أصدق عيني.. شعرت بألم حاد

في قلبي.. هذا الشخص، إنه الرجل ذو العباءة. **قالت نور:** إنه المراقب.. إنه مخلوق أسطوري، بعض الناس يعتبرونه شيطاناً، والبعض الآخر يعتبره بطلاً. تقول الأسطورة أن هذا المخلوق ينتمي إلى عالم آخر، وأنه قَدِم إلى عالمنا قبل آلاف السنوات، ولقد جاء في زمن انتشرت فيه الحروب والفساد، فقام هذا الشخص بالقضاء على الملوك الخمسة الذين كانوا على وشك تدمير البشر، ولو لم يقض عليهم لهلك جميع البشر. "الملوك الخمسة هذا أشبه بصراع الآلية مع الممالك الأربع".

- ماذا عن الأرواح؟ هل لديه قدرة على امتصاص الأرواح؟

- حسناً، كما قلت لك، إن هناك صنفاً ممن يؤمن أنه بطل، وصنفاً يؤمن أنه شيطان، وهؤلاء الأشخاص الذين يؤمنون أنه شيطان يعتقدون أن المراقب بعد أن قضى على البشرية قام بامتصاص أراوح بعض البشر؛ فالروح طعامه المفضل! هذا فقط الذي أعلمه.

- هل أنت متأكدة، هل يوجد دليل أنه كان موجوداً حقاً؟ هل يسعى خلف الأرواح المميزة؟

- لا أعلم!

ضربت اللوحة بقوتي فسقطت على الأرض وانكسرت.

قالت نور: انظر، لا أصدق، إنها الخزينة!

- نعم، ولكن يتطلب الأمر شيفرة لفتحها، وعلى ما يبدو أربعة أرقام.. أعطني تاريخ ميلادي.

- دعني أتذكر.. نعم.. 1 - 5 - 6- 5.

- لم يصلح! أعطني تاريخاً آخر.

- هل تريد تاريخ ميلاد زوجتك؟

- وهل تعرفينه؟

- إني أعلم كل أسرارها 6 - 6 - 8 - 6.

- لم يصلح.. ماذا عن تاريخ أبنائي؟

- لا أعلم.. حسناً. صمتت لفترة **وقالت:** جرب هذا التاريخ: 6 - 6 - 6 - 6. وضعت الرقم وصدرت أصوات مسننات في جميع أنحاء الغرفة. ابتسمت **وقالت:** لم أكن أتوقع أن يكون هذا التاريخ هو مفتاح الخزينة.

- ماذا يعني ذلك التاريخ؟

- إنه يوم وفاة جدك.

فتحت الخزينة وكانت مملوءة بالذهب والمجوهرات. لم أر طوال حياتي هذا الكم من المجوهرات، بدأت بالبحث حتى وقعت يداي على قطعة ذهبية على شكل مثلث، أخرجتها

ونظرت نور إليها وقالت: لا أصدق، هذه القطعة شبيهة تماماً بالمثلث، لعلك أنت من قام بشرائها.

قلت لها: هذه ليست قطعة ذهبية، إنها الشيء الذي أبحث عنه.

بدأت أصوات أقدام تقترب تُسْمَع بالقرب من الغرفة. قلت لنور: هيا، لنخرج، لا أريد من أسرتي المزيفة أن تعلم أني كنت هنا.

- ماذا عن اللوحة؟

- دعيها مكانها.. قلتِ لي من قبل أن لا أحد دخل هذه الغرفة منذ سنوات، أليس كذلك؟

- نعم.

خرجنا وأغلقنا الباب، ووضعت القطعة في جيبي.

قلت لنور: لنتحدث في الصباح.

سمعت صوت امرأة يناديني: إنه أنت! أين كنت؟ لقد انتهت الحفلة.. الجميع كان يبحث عنك لكي يودعوك.

- لقد كنت نائماً، كنت متعباً.. ماذا عن الأولاد؟

- لقد ذهب وسيم مع أصدقائه، أما ابنك عليٌّ فلا أعلم أين ذهب.

- حسناً.

- إذاً سوف أذهب إلى النوم، هل ستأتين معي؟

- سوف أذهب لكي أكتشف بقية أرجاء المنزل.

- حسنا، كم أشعر بالفرحة أنك عدت إلى عائلتك.

غادرت وابتسامة مزيفة مرسومة على وجهها.

الفصل الثامن عشر
اللقاء

توجهت إلى حديقة القصر، كانت واسعة وممتلئة بالزهور. سمعت شخصاً **يقول لي**: نحن نشترك في شيء واحد. نظرت إلى الخلف، إنه الرجل الذي قابلته قبل ساعات. **أكمل جملته**: إننا لا نحب الحفلات.

- ما الذي تعرفه عني؟

- أعلم الكثير، على سبيل المثال: الحادث الذي أدخلك في غيبوبة لم يكن من صنع القدر، بل من صنع شخص يدعى المراقب.

- المراقب! أوليس شخصية أسطورية؟

- لا يوجد شيء في الحياة يسمى أسطورة.. عقلنا هو من اخترع هذه المصطلحات. حك شاربه **وقال**: سوف أخبرك نبذة بسيطة عن هذا الشخص: ولد طفلاً وكان مختلفاً عن بقية

الأطفال، بل كان مختلفاً عن البشر؛ كان يمتلك قدرات خارقة. كان يستطيع أن يتواصل مع الأشجار ومع الحيوانات، بل وأيضاً كان يمتلك القدرة على التحكم بهم. كان طيب القلب ويحب مساعدة الآخرين، حتى إنه قام بإنهاء حرب كانت تحدث بين القبائل المجاورة، وعلى حسب الأسطورة كانت خمس قبائل. وحينما أصبح في العاشرة من عمره حصل على لقب "الملاك"، وأصبح الكثير من سكان القبائل يعبدونه. أدرك زعماء القبائل المتدينين أن هذا الطفل ليس بملاك وإنما شيطان، فقاموا بإلقاء القبض عليه وأحرقوه، ولربما أحرق جسده ولكن روحه ما زالت تتجول في الأبعاد الأربعة. وتقول الأسطورة إنه يقوم بامتصاص الأرواح المميزة. هل تعلم لماذا؟ لكي يستولي على جسدها. سوف أخبرك المزيد لاحقاً، لقد أصبح الوقت متأخراً.

وضع يده في جيبه وأخرج بطاقة صغيرة وأعطاها لي.

- ما هذا العنوان؟

- أخبرِ السائق أن يوصلك إلى هذا العنوان غداً.

- لماذا؟

- لكي تنهي المهمة التي بدأتها قبل خمس عشرة سنة.

غادر الرجل ذو الشارب الحديقة.. أخذت البطاقة وتوجهت إلى المنزل.. الكثير من القصص والأحداث التي تجول في عقلي، حتى إني سمعت ثلاث قصص مختلفة عن هذا المخلوق. كانت نور بانتظاري عند الباب، أريتها البطاقة وقلت لها: هل تعلمين أين يقع هذا العنوان؟

- هذا العنوان هو مقر شركتك القديم الذي أصبح الآن مستودعاً.. ما الذي أراده منك ذلك الرجل؟

- يريدني أن أذهب إلى هذا العنوان، وتحدث عن مهمة لم أنجزها!

- لا تذهب!

- لماذا؟

- هل تعلم ما نوع المهمات التي كنت تقوم بها؟ لقد كنت قاتلاً، وكنت تتزعم أخطر عصابة مافيا: زيروا...

الفصل التاسع عشر
العملية

استيقظت مبكراً وأخذت حماماً ساخناً. أخبرت السائق أن يوصلني إلى هذا العنوان. وصلنا إلى أحد المستودعات القديمة التي تقع قرب البحر.. قلت **للسائق:** هل زرت هذا المكان من قبل؟

قال لي: نعم، يا سيدي حينما كانت ذاكرتك مكتملة.

- وهل كنت إنسان مختلفاً؟

- كنت طبيعياً.

طلبت منه أن ينتظرني.. كان المستودع له باب واحد. طرقت الباب الحديدي سبع مرات ولكن لم يجبني أحد. تفقدت الساعة، يبدو أني لست الشخص الذي تأخَّر، وقبل أن أدق للمرة الثامنة فُتح الباب، **قلت:** لماذا تأخرت عن فتح الباب؟

- لقد كنت أجهز بعض الأوراق.

تفاجأت حينما رأيت عدد المكاتب الموجودة في داخل الطابقين، ففيهما ما يزيد عن أربعين مكتباً. هنا **قال لي**: هنا كانت البداية.. بداية حياتك الجديدة.

- منذ متى وهذا المكان مهجور؟

- منذ عشرين سنة اجتمعت فيه مرتين لكي تنجز الأعمال القذرة.

- ما هو اسمك؟

توقف **وقال لي**: لا أستطيع أن أخبرك باسمي.

- ما الذي تعنيه؟

- تستطيع القول إني مجرد رسول أقوم بإيصال ظروف تحوي على مهمات، والأهم من الإيصال هو التأكد من تنفيذ المطلوب، لهذا تلقيت أوامر من الجميع أن أتزعم هذه العملية.

وصلنا إلى الطابق الثاني، **قلت له**: إني أعلم أني كنت أتزعم أخطر عصابة مافيا.

- يبدو أن هناك عصفوراً قد أخبرك. على أي حال عليك أن تنسى الأمر. عصابة زيروا، لقد تفككت قبل سنوات. أصبحت المدينة الآن أشبه بقفص لصيد العصابات، لهذا فإنها آخر مهمة لي قبل أن أتقاعد من هذا العمل.

- ما نوع المهمة التي سوف أنفذها؟

- لا تستعجل، سوف تنكشف لك كل الحقائق المهمة حينما تدخل إلى هذه الغرفة.

دخلنا الغرفة وكان خمسة رجال يجلسون على كراسٍ حمراء قرب بعضهم البعض.

قال الرسول: رحب بأسرتك الثانية أيها العراب.

كانوا مختلفين من حيث الشكل والطول وكذلك لون الأعين. كل شخص من هؤلاء يحمل ملامحه الخاصة في هذه المهمة. قررت أن أعطي كل شخص رقماً خاصاً، هذا الرقم سوف يكون الاسم الحركي.. الشخص الممتلئ العضلات ذو الشارب الكثيف يدعى رقم واحد.. الشخص ذو الجسم الممتلئ والشعر الكثيف رقم اثنان، أما الشخص ذو البشرة السوداء هو رقم ثلاثة، والشخص الأصلع ذو الحذاء العالي هو رقم أربعة، أما الشخص الأنيق ذو البشرة الناصعة البياض والشعر المصفف هو الرقم خمسة، وأنت أيها العراب سوف تكون صاحب الرقم ستة. أما أنا فسوف أكون رقم سبعة... والآن هيا فلنتوجه إلى المكتب.

توجهنا إلى المكتب وكان متصلاً بالغرفة، وكان ممتلئاً بالأثاث على عكس بقية الغرف. كانت طاولة سوداء تتوسط

المكان.. اجتمعنا جميعاً حول الطاولة، وكانت هناك خريطة ملفوفة على الجهة اليمنى من الطاولة، فتح الرسول الخريطة فغطت الطاولة. **قال:** هذا هو نموذج المنزل الذي سوف نغزوه في الغد، إنه منزل العمدة.

- عمدة؟ ما الذي تعنيه؟ أنا لن أوافق على غزو المنازل؟

نظر الجميع إلي نظرات استغراب. **قال:** هل تعلم كيف يتم الغزو الناجح؟ الغزو الناجح لا يتم إلا بعد السرقة والقتل، ومهمتك هي أن تقتل العمدة.

- لا، أنا لن أقتل أحداً.

قال لي: إن أردت الحصول على معلومات بخصوص المراقب فعليك أن تنفذ العملية.

قالت لي نفسي: (ليس محرماً أن ترتكب جريمة في بعد آخر).

نظر إلي **وقال:** إني أعلم أنك تبحث عن الحجر، وأنا أعلم أين يوجد.

تفاجأت **وقلت له:** أخبرني الآن.

- لا لن أفعل. إن أردت معلومات فعليك أن تدفع دماء.

- حسناً، سوف أفعلها.

ابتسم وأكمل كلامه: كما ترون، إن المنزل يتألف من طابقين، لا يغركم حجمه الصغير، هذا المكعب الصغير يمتلك

أقوى نظام حماية حديث، حتى الذبابة لن تستطيع الدخول.. كل جزء من المنزل يحوي كاميرات مراقبة وأجهزة استشعار. لسوء الحظ أن النظام متصل مباشرة بمركز الشرطة لهذا نحتاج مساعدتك. رقم اثنان هل جهزت المعدات؟

- نعم.

- ماذا عن الفيروس، هل أنهيته؟

- سوف يكتمل نموه اليوم.

- حسناً، هذا جيد.. رقم واحد سوف تتكفل بالحراس، عددهم عشرة، لن تواجه أية مشكلة بالتغلب عليهم، لقد قتلت مجموعة من الأسود قبل شهر، لن تشكل مجموعة القرود أية مشكلة. رقم ثلاثة.. سوف تكون جاسوسنا الداخلي، احرص على ألا يقترب أحد من غرفة العمدة، حتى زوجته. لقد انتهيت من صنع قناع السيد جون، الشخص الذي يدير منزل العمدة. رقم أربعة.. مهمتك تكمن في سرقة الوثائق، أرجو أن تكون قد أصلحت ذراعك الآلية. رقم خمسة، لا داعي أن أذكرك بمهمتك. أما أنت أيها العراب فأنت هو رأس هذه المهمة؛ نجاح المهمة يعتمد عليك.

قال رقم اثنان: أولن يحضر رقم صفر؟

- رقم صفر لم يصل إلى المدينة حتى الآن. أخرج خريطة أخرى من أسفل الطاولة: سوف نختبئ في هذا المكان. والآن هل لدى أحدكم أي أسئلة؟

رفعت يدي: هل حقاً تعرف مكان الحجر؟

ابتسم **وقال:** هل لدى أحدكم أي سؤال بشأن المهمة؟

رفع رقم أربعة يده **وقال:** بعدما ينفذ رقم ستة مهمته ويقتل العمدة، ما الذي سوف نفعله بالجثة؟ هل سوف يقوم بالتخلص منها؟

- دعوا الأمر لرقم صفر.. في النهاية هو الشخص الذي جمعنا والشخص الذي خطط لهذه المهمة، مهمتنا تكمن في قتل العمدة والحصول على الوثائق.

رفعت يدي من جديد **وقلت:** قبل خمس عشرة سنة، لماذا وافقت على الاشتراك في هذه المهمة؟

- كان هدفك هو أن تحصل على المال من أجل إنقاذ شركتك، لهذا أردت أن تقوم بالمهمة، ولكن قبل أيام من تنفيذ المهمة حدث الحادث وانتقلت إلى العالم الآخر، وهأنت تعود إلى عالمك.

- أخبرني إذا كيف علمت أني أبحث عن الحجر؟

- سوف تعرف كل شيء بعد أن تتم المهمة.

مد يده: إذاً هل أستطيع أن أقول الآن أهلا بك مرة أخرى يا شريك؟

أخذت نفساً عميقاً، صافحته وقلت: تسعدني العودة.

انتهى الاجتماع وانصرف الجميع.. قلت للسائق أن يأخذني إلى المنزل. **قال السائق:** إن هناك مكاناً يجب أن أذهب إليه أولاً. قلت له إني سوف أذهب في المساء لأن هناك الكثير من الأحداث التي أرغب أن أربطها مع بعضها البعض. نظر إلي نظرة جادة وقال: أرجوك سيدي، ذلك المكان سوف يكشف لك حقيقة ما يحدث حولك.

قلت له: حسناً، خذني.

الفصل العشرون
الحانة

توجهنا إلى الغرب.. كان عدد الأبنية يفوق عدد البشر، الشوارع خالية من الحياة، أعلام ملونة باللونين الأحمر والأخضر تغطي كل ركن من الشارع. الضباب يتجول ببطء ويعانق كل شيء أمامه. وصلنا إلى حانة قديمة موجودة وسط زقاق قذر، استطاعت السيارة بصعوبة دخوله. أوقفني السائق عند باب الحانة **وقال لي:** هنا يا سيدي، سوف يرى عقلك حقيقة هذا العالم.. سوف ينكشف الستر عن ماضيك. ترجلت من السيارة ودخلت، كانت الحانة رائحتها كرائحة الخمور الرخيصة، الكراسي ممتلئة بالغبار، تنبعث من الجدران رائحة أشبه ما تكون برائحة البول، الحشرات تتسابق على الأرضية.

هتفتُ: هل يوجد أحد هنا؟

صدر صوت من خلفي: لقد كنت بانتظارك يا بن الخليج.

- ابن الخليج؟!

- يبدو أنها أول مرة تسمع فيها اسمك الحقيقي.

نظرت خلفي، كانت امرأة عجوز، تكاد تكون في أواخر السبعينات من دون أسنان، تلبس ملابس ملطخة بالشراب، وتلبس خاتما يكاد يكون مألوفاً بالنسبة لي. **قالت لي:** هيا، اجلس لا بد أن هناك الكثير من الأسئلة التي لم تكتشف إجابتها حتى الآن.

هززت رأسي.. توجهَتْ نحو الثلاجة وأخرجت زجاجة خمر، وأخرجت كوباً من الأدراج ووضعته أمامي وسكبت الشراب ببطء. **قلت لها:** إني لا أشرب.

قالت: هل السبب أنك تخاف من شخص ما أم أنها قناعة لديك؟

أخبرتها أن ديني يمنعني من الشرب. **قالت لي:** كل حرام يصبح حلالاً في الأحلام. أبعدت الكوب عني.. نظرت إلى عينيّ مباشرة **وقالت:** جزء منك ما زال يظن أنك في حلم، وجزء آخر يظن أنك في الواقع... إنه صراع ما بين العقل والقلب، في رأيك من سوف ينتصر؟

- إني أرغب أن ينتصر قلبي.

- أخبريني كيف أحصل على الحجر؟

- ومن قال إن الحجر موجود هنا؟

- ذلك الرجل، ما كان اسمه؟ رقم سبعة؟

ابتسمت وقالت: حتى أسماء العصابات أصبحت أكثر سهولة وليونة. دعني أطرح عليك سؤالاً: هل تعتقد أن ذلك الرجل حقيقي؟ هل تعتقد أني حقيقة؟ ماذا لو أخبرتك أن كل المغامرات التي عشتها ومررت بها كانت من صنع خيالك؟ هذا الخيال صنعه عقلك الباطني، أي إن عقلك قد خرج عن سيطرتك!

- لا بد أنك تمزحين معي، أنا مجرد صبي في الخامسة عشرة من عمره، جاء من دولة تدعي اليمن... لست من هذا العالم أو من هذا الزمن، وصلت إلى هنا بواسطة...

- إني أعلم ما مررت به، وأظنك قابلت المراقب.

نهضت من على الكرسي وقلت بصوت عال: ما الذي تعلمين عنه؟

- أعلم أنه جزء منا جميعا... هل تعلم أين يعيش؟ أشارت إلى رأسها وقالت: هنا، وهو محبوس في مكان يدعى العقل اللا واعي، وهو يمثل كل مخاوفنا، وكل عقل يجسده بطريقته الخاصة. المكان الوحيد الذي يظهر فيه هو الحلم.

ارتفعت حرارة جسدي، **قلت لها**: هل تعلمين أين يوجد الحجر؟

- إذا أردت أن تخرج من هذا العالم فعليك أن تقتل العمدة.

- لقد سبق لي أن وافقت على قتله.

- ليس العمدة فقط، بل عليك أن تقتل الستة الآخرين، ورقم صفر.

- تريدين مني أن أقتل مجموعة من المحترفين؟

- عليك أن تقتلهم إذا أردت أن تخرج من هذا المكان، أولئك الأشخاص يقفون حاجزاً بينك وبين الباب.

- تريدين مني أن أقتل زوجتي؟!

- عقلك يعلم أننا لسنا حقيقيين، ولكنه مقتنع أن أولئك الأشخاص حقيقيون؛ لهذا عليك أن تقتل الجميع غداً، بعد إتمام المهمة، لأنك إذا ما قتلت العمدة ولم تقتل البقية، أعني الستة الآخرين، فإنك سوف تظل عالقاً في هذا العالم إلى الأبد! تذكر كلامي جيداً: "قلبك لا يكذب".

أخذت كوب شراب وشربته ثم خرجت من الحانة وتوجهت إلى السيارة. دخلت فلم أجد السائق! كنت أجلس في الكرسي الخلفي فنهضت وتفحصت مقعده ووجدت رسالة قرب المقود تقول: *"سعدت بتوصيلك..."*!

قدت السيارة وتوجهت إلى القصر ثم ركنتها ودخلت ورأيت زوجتي في انتظاري.. **قالت لي**: إن السائق كان ينتظرك في السيارة الصفراء طوال اليوم.

قلت لها: إن سائقاً آخر قام بإيصالي.

قالت لي: إن عندنا سائقاً واحداً فقط!

في تلك اللحظة كنت مصاباً بصداع بعد أول كأس خمر شربته. هناك شيء واحد أعرفه عن الخمر: أنه لا يصيبك بصداع بعد أول كأس. **قالت**: ما الذي حدث في الاجتماع؟ فأخبرتها بما حدث.

- هذا جيد، هناك مفاجأة في انتظارك شقيقك هنا.

- شقيقي؟

- نعم.

الفصل الحادي والعشرون
عودة الشقيق

أمسكت يدي وقادتني إلى غرفة الضيوف. كان رجلاً في أوائل الأربعينات من عمره، يلبس معطفاً أسود وقبعة بنية اللون، بالإضافة إلى قفازات سوداء، ويرتدي نظارة طبية، خفيف اللحية كثيف الشارب يجلس بالقرب من المدفأة. نهض من على الكرسي وقام باحتضاني.. رفعت يدي واحتضنته. بدأ بالبكاء **وقال:** تسعدني حقاً عودتك. جلسنا قرب بعضنا، أخذ منديلاً وقام بتجفيف دموعه.. أردف: إني أعتذر لتأخري، فكما تعلم لدي الكثير من الأعمال.

نظرت إليه مباشرة، إنه لا يشبهني أبداً.. **قلت له:** هل نحن من نفس الأب والأم؟

قال لي: نعم.

- إذاً هل تعلم شيئاً عن الحجر، أعني شعار العائلة؟

- في الحقيقة كل ما أعلمه أنه جزء من مخيلتك، قمت برسمه على قميص قبل ثلاثين عاماً.

- ماذا عن القميص، هل تعلم مكانه؟

ابتسم **وقال:** أنت تسألني عن قميص اختفى منذ عدة سنوات.

- إذاً أنت لا تعلم شيئاً.

- إذا كنت مصراً على إيجاده، فإنك سوف تجده في منزلنا القديم.

- أين يقع؟

قال: سوف آخذك فيما بعد.. أريد أن أتحدث معك عن كثير من الأشياء.

- دع الحديث إلى ما بعد، خذني الآن إلى المنزل.

دخلت زوجتي **وقالت له:** أرشده، أنت تعلم أخاك جيداً، لن يغير هدفه إلا بعد أن يصل إليه.

ركبنا سيارته الخاصة، وكانت سيارة من عصر آخر حيث كانت أكثر حداثة وتطوراً. توجهنا إلى خارج المدينة، وبالتحديد إلى منطقة ريفية تبعد حوالي أربعين كيلومتراً.

الفصل الثاني والعشرون
منزل الطفولة

كان سكان المنطقة الريفية مختلفين تماماً عن سكان المدينة، ليس من ناحية اللباس فقط أو البيوت، بل حتى من حيث أشكالهم، فقد كانت بشرتهم أكثر اسمراراً، حتى إنه كان من النادر أن ترى سيارة تمشي في الشوارع. كل ما تراه مجرد حمير وأحصنة تجر عربات بأشكال مختلفة. توقفنا بالقرب من منزل قديم، لربما هو المنزل الأقدم في هذه المنطقة.. نزلنا من السيارة وقال شقيقي إنه لن يدخل لأن هناك الكثير من الذكريات التي لا يرغب باستعادتها. دفعت الباب الخشبي ببطء فسقط على الأرض وتحطم. قلت لنفسي: (يا لها من بداية غير مبشرة). وجدت شمعة بالقرب مني، أخذتها وأخرجت ولاعة من جيبي وقمت بإشعالها. كان المنزل مغطى بالتراب والفئران.. كل شيء كان محطماً، الكراسي محطمة،

الجدران متشققة. مشيت بصعوبة وتفحَّصت المكان بحذر. كان منزلاً عادياً كغيره من المنازل المهجورة. تفحصت غرفة الجلوس التي كانت مملوءة بالصور. أخذت مجموعة من الصور الملقاة على الأرض وقمت بتنظيفها.. استطعت أن أتعرف على شكلي وشكل أخي، أما والدتي ووالدي فكان شكلهما مختلفاً عنا. خرجت من غرفة الجلوس وتوجهت إلى الطابق العلوي وبالتحديد إلى أكبر غرفة ألا وهي غرفة الوالدين.. كانت مجموعة من الأوساخ تسد الباب، ركلته عدة مرات حتى فتحته، وانسللت بصعوبة إلى الداخل. لم أجد شيئاً يثير اهتمامي. خرجت وتوجهت إلى الغرفة المجاورة. أدركت أنها غرفتي لأني استطعت أن أرى مثلثاً صغيراً مرسوماً على الباب. دخلت الغرفة وشعور غريب راودني حينما وطأت قدمي أرض الغرفة.. أصبت بالصداع.. كانت رائحة الغرفة أشبه برائحة جثة.. تفقدت الأرجاء، لا بد أني كنت مراهقاً حينما تركت هذا المنزل؛ فالمكان مغطى بالألعاب المحشوة.

وفيما أنا أمشي ضرَبَتْ رجلي اليسرى جسماً غريباً. سقطت على الأرض، ثم نهضت ونظَّفت قميصي واقتربت من الشيء الذي اصطدمت به، فتبين أنها عظمة، سحبتها ببطء من بين الأوساخ فتبيَّن أنها ليست عظمة صغيرة بل هي رجل، لا بل هي

هيكل عظمي كامل. كان يعود لشخص في الستين من عمره، حيث كان الشعر الأبيض يغطي جزءاً صغيراً من الجمجمة. أثار شيء غريب فضولي في الجمجمة فقد كانت مكسورة من الأطراف. أمسكت بها ببطء ونزعتها عن الجسد. حاولت فكَّها لكنّي لم أستطع. أخذت قطعة خشبية وضربتها عدة مرات حتى كسرت. سقطت قطعة وشاح غريبة، أمسكت بها وأدركت أنها قطعة قميص مرسوم عليها مثلث كان مطابقاً تماماً للحجر.. تحولت الجمجمة إلى تراب وكذلك الهيكل العظمي.. بدأت الغرفة بالاهتزاز فخرجت مباشرة وأغلقت الباب.. خرجت من المنزل والخوف الشديد يعتريني.

توجهت إلى السيارة وقلت لأخي: هل سمعت ذلك الصوت؟

قال لي: عن أي صوت تتحدث؟

- أعني صوتاً شبيهاً بالهزة الأرضية.

- لا لم أسمع أي شيء.

أخرجت قطعة القميص من جيبي.

- لا أصدق، لقد وجدته بهذه السرعة! أعني قطعة القميص، ولكن المهم أن هذه القطعة تحتوي الرمز الذي أردته. والآن هل نستطيع الذهاب إلى المنزل؟

- لا.. أريدك أن تأخذني إلى مكان آخر.

توجَّهنا إلى الحانة وأراد النزول، ولكني قلت له أن ينتظرني.

وضعت القطعة أمامها.. قالت لي: لم أتوقع منك أن تعود

بهذه السرعة.

الفصل الثالث والعشرون
الدليل

- وما هذا الشيء القذر الذي جلبته إلى هنا؟

قلت لها: انظري جيداً إلى المثلث المرسوم في الوسط.

- نعم، ما به؟

- هذا هو الحجر.

- لا يبدو لي أنه حجر، بل مجرد مثلث بثلاثة أضلاع.

- في الحقيقة هو يبدو حجراً بثلاثة أضلاع. هل تعلمين من الذي رسمه؟

- يبدو أنك ما زلت مصراً حتى الآن أن هذا العالم حقيقي؟!

- إني أومن بأن هذا العالم حقيقي، ولكني لا أومن أني أنتمي إلى هذا الزمن.

- يستطيع الإنسان أن يغير كثيراً من الأشياء في حياته؛ أسرته، أو حتى عمله، ولكنه لا يستطيع أن يغير معتقداته. إن أردت الخروج من هذا العالم فعليك أن تنفِّذ ما أمرتك به وتنسى أمر الحجر.

- لن أستطيع الخروج من هنا من دون الحجر.. إنه المفتاح الذي سوف يخرجني.

- لا، أنت مخطئ.. الشيء الوحيد القادر على إخراجك هو أن تنفِّذ ما طلبته منك، وأن تؤمن أن هذا العالم ليس حقيقياً.

- لماذا أقوم بقتل العمدة والرجال، لا أجد سبباً منطقياً يجعلني أفعل هذا.

- أنت الآن محجوز في عالم خيالي في عقلك اللاواعي، ولكي تنتصر عليه عليك أن تقتل العمدة والرجال.

- أخبريني لماذا؟

- لأن العمدة هو عقلك، أما الرجال فكل شخص فيهم يمتلك جزءاً من شخصيتك.

ابتسمت **وقلت لها:** رأيت وسمعت الكثير من الأشياء الغريبة في حياتي، ولكن هذا أغرب ما سمعته.. كل إنسان لديه كامل الحرية بتصديق ما يرغب وتكذيب ما لا يرغب فيه.

- أخبريني إذاً، ماذا تمثلين أنت في هذا العالم؟

- إني أمثل والدتك.

تراجعتُ إلى الخلف..

- اشرحي لي أكثر.

- أعلم أنَّك فقدت أمك فجأة، وبعدها ظننت أن المراقب قد أخذها، ولكنك كنت مخطئاً. أنا لم أختفِ، بل كنت مجرد ذكرى تلاشت في تلك اللحظة مع انتهاء الحدث. عقلك الآن يعاني الكثير من المشكلات، سوف ينقطع الاتصال ما بين عقلك وقلبك، وبعدها سوف تنتقل إلى العالم الآخر. حتى إن عثرت على الحجر واستطعت الخروج من هنا فإنك سوف تنتقل إلى عالم آخر، وذلك العالم مجرد خيال يصنعه عقلك اللا واعي لكي يبقيك على قيد الحياة. العوالم التي مررت بها تحتوي على حقيقة مخفية، على سبيل المثال، في هذا العالم استيقظت بعد غيبوبة دامت خمس عشرة سنة ولكن الحقيقة أنك لم تستيقظ، ما زلت حتى الآن نائماً على سرير المستشفى في العالم الحقيقي.

- أنت تكذبين!

- افتح عقلك جيداً.

- ماذا عن المراقب، ما الذي يمثله؟

- لا حاجة لي أن أخبرك الجواب؛ فأنت تعرف إجابته. قالت لي نفسي: (الموت).

- لقد سئمت من سماع ترهاتك.

- قبل أن تخرج أريد أن أخبرك بشيء أخير: إذا مت في هذا العالم أو غيره من العوالم فإنك سوف تموت حقاً.

نظرت إليها نظرة غضب وخرجت من الحانة وركبت السيارة. لا حظ أخي أن عينيَّ تشعان غضباً، وأن لوني تحول إلى اللون الأحمر. **قال لي:** هل أنت بخير؟ ما الذي حدث هناك؟

قلت له: لا عليك، كنت في حديث مع عجوز مجنونة.

قال لي: عن أي عجوز تتحدث؟

قلت له: العجوز التي تمتلك هذه الحانة.

- هل ترى ذلك المبنى الذي يقع خلف هذه الحانة؟ إنه ملكك وهذه الحانة سوف تهدم بعد أسبوع، هل تعلم السبب؟ لأنها مهجورة منذ سنوات!

وصفت له العجوز التي كنت أتحدث إليها، قال لي إنها ماتت منذ سنتين. أخذته إلى الداخل.. **قال لي:** هل ترى؟ كما أخبرتك لا يوجد أحد!

بدأت بالصراخ: أين أنت أيتها العجوز؟ لم يجبني أحد.

أخذ أخي صورتها المعلقة على الجدار، **وقال لي:** تعال معي.

ذهبنا إلى إحدى المقابر القريبة من الحانة.. كان عدد الموتى يفوق عدد سكان المدينة.. توقفنا قرب قبر.

- انظر إلى الصورة التي بالقرب من الحجر، ألا تشبه هذه الصورة؟

- إذا كان كلامها صحيحاً، أنا حقا لست في العالم الحقيقي.

- ما الذي تعنيه يا أخي؟

- لا عليك، دعنا نخرج من هنا، أريد العودة إلى المنزل بسرعة.

وقبل خروجنا لفت انتباهي قبر محاط بالصخور، اقتربت منه وكان مكتوباً عليه "ردع"، فتوقفت وقلت: هل تعلم من يكون صاحب هذا القبر؟

قال لي: إنه يعود إلى قاتل متسلسل تم احتجازه في مصحة أمراض عقلية، ولكنه قام بالانتحار.

- هل تعلم ما سبب الانتحار؟

- لقد قرأت في صحيفة أنه قبل يوم من انتحاره كان يصرخ ويقول إنه لا ينتمي إلى هذا العالم وأنه جاء من مكان يدعى عين اليمن، فقام الأطباء بتكبيله ورميه في غرفة، ولكنهم حينما عادوا لإخراجه وجدوا أنه قد فارق الحياة. هل تعلم ما هو الغريب في الأمر؟ أنه لا توجد أية علامة على أنه انتحر.

في تلك المرحلة كان عقلي يتخبط في دوامة لا نهاية لها من التساؤلات.

الفصل الرابع والعشرون
الاستعداد

عدنا إلى المنزل، وتوجهت مباشرة إلى نور وأخبرتها بما حدث.

قالت لي: إن السبب ربما يعود إلى أنك متعب.

أخرجت قطعة القميص وأريتها إياها.. **قالت:** إذا هذا هو شكله الحقيقي.

نعم، ولكن لسوء الحظ أنه من دون فائدة لأنه مجرد رسم.

أعتقد في نهاية الأمر أني سوف أقوم بتنفيذ العملية وأقتل العمدة بالإضافة إلى الرجال.

- هل أنت واثق أنك سوف تنجو؟

- لم أعد أهتم بالحياة أو الموت، كل ما أريده هو أن أعود إلى العالم الحقيقي.

- حسناً، تعال معي.

اصطحبتني إلى قبو يقع خارج القصر، بالتحديد بين الأشجار.. دخلنا وكان ممتلئاً بالأسلحة، قلت لها: لمن تعود هذه الأسلحة؟

- إنها تعود إلى شقيقك.. إنها الأحدث والأكثر تطوراً. هل تعلم ما الشيء الذي يفوق كل هذه الأسلحة؟ إنه يقع هنا.. انظر إلى أحدث ما توصل إليه العلم.. البدلة السوداء أو كما تلقب في السوق السوداء "البدلة رقم صفر"، تستطيع توسيعها أو تضييقها.. إنها مصنوعة من الألياف المعدنية القادرة على صدِّ أي هجمة مهما كانت قوتها، وأيضاً تمتلك خاصية تحديد المواقع، وهي قادرة على زيادة قوة الجسد. إنها أقوى سلاح حتى الآن، جربها.

أمسكت بها وأخرجتها من خلف الزجاج ولبستها فوق ملابسي. في البداية كانت طويلة ولكنها أصبحت مناسبة لطولي ووزني، كانت مثالية، وأيضاً كانت تشعرك بالراحة.

- خذ هذا المسدس، سوف تحتاج إليه في الغد.

قلت لها إني سوف أقوم بقتل شخص واحد ولست بحاجة إلى كل هذه المعدات، فقالت لي إن العمدة رجل خارق.

- ما الذي تعنيه بقولك أنه رجل خارق.

- أعني أنه بطل حرب، وليس هذا فقط، بل هو يعد من النخبة.

- النخبة؟

- أي إنه أفضل قناص في العالم؛ طلقته تلقب بالطلقة المميتة. قتل ما يزيد عن أربعين شخصاً، ولم ينجُ أحد من طلقته، ويقولون إنه يستطيع أن يتنبأ بتحركاتك.

- لم يخبرني أحد عن هذه المعلومات حينما كنت في الاجتماع!

- لعلهم يريدونك أن تموت. لقد وجدت هذا الشيء في أحد الجدران.

- ما هذا؟

- إنه جهاز تنصت.

- ذلك اللعين كان يكذب علي.

- لا أظن أنه من قام بوضعه لوحده.. أعني أن كاميرات المراقبة كانت معطلة وقت الحفلة، ما يعني أن هناك شخصاً يعمل مع العصابة. منهم الأشخاص القادرون على الوصول إلى كاميرات المراقبة. هناك خمسة أشخاص؛ زوجتك وأبناؤك وأخوك وأيضاً أنا... جميعهم يمتلكون سبباً محدداً لقتلك، ما عداي أنا.. من الأفضل لك أن تأخذ الحيطة. تستطيع أن تضع

البدلة في هذه الحقيبة، وكذلك الأسلحة.. إن المكان الذي سوف تذهب إليه ممتلئ بالحراس، عليك أن تحذر.

صدر صوت من جيب نور **وقالت:** كان صوت الهاتف. وقالت أيضاً إنها ذاهبة في مهمة خارج القصر مع زوجتي.

قلت لها: حسناً، سوف أجمع بعض الأسلحة وأخرج من هنا.

أخذت ثلاثة أسلحة وسكيناً تبدو قديمة ووضعتها في الحقيبة. توجَّهت إلى غرفتي وخبَّأت الحقيبة تحت الطاولة. دق أحد الباب ففتحته. كانت الخادمة، قالت لي إن رسالة قد وصلتني قبل ساعتين.. أخذت الرسالة **وقلت لها:** هل يوجد أحد في المنزل؟

قالت: لا يوجد أحد.

الفصل الخامس والعشرون
حقائق

كانت الساعة الحادية عشرة والنصف. أغلقت الباب وأخذت مقصاً وقمت بقص الظرف.. أخرجت الرسالة وكان مكتوب فيها: *"لم أستطع أن ألتقي بك بسبب أشغالي، أرجو أن نلتقي قريباً... اسم المرسل: رقم صفر".*

رميت الرسالة في سلة المهملات.. بدأت بتفحص أرجاء الغرفة لعلّي أجد شيئاً غريباً. كانت غرفةً واسعة تحتوي على خزانة ملابس مملوءة بالأزياء النسائية والعطور، وأيضاً كانت تحتوي على مجموعة كبيرة من الأحذية التي لم تلبس. كان تصميم الغرفة يبدو غريباً؛ فالجدران تبدو منحنية قليلاً. بعد بحث مطول لم أجد أي شيء يلفت الانتباه. خرجت من الغرفة وجلست على الأريكة، وبعد دقائق انتقلت إلى عالم الأحلام. قادني عقلي هذه المرة إلى مكان أعرفه جيداً، ألا وهو منزل

والدي. شعرت أني غبت مئات السنوات عن المنزل. رأيت والدي ووالدتي يأكلان الطعام على الطاولة، أدركت أنه يوم الثلاثاء لأنهما لا يجتمعان إلا في هذا اليوم. كانت وجبة الطعام المعتادة، فول وخبز وبعض السلطة والعسل، وعدة قطع من الجبن. اقتربت وجلست بقربهما.. في البداية شعرت بالغضب؛ لأنهما لم يلاحظاني، ولكن عقلي قال لي إنهما مجرد ذكرى. **قلت له**: بسببك أنت لم أعد أعرف الفرق بين الخيال والحقيقة! ما رأيك بالكلام الذي قالته تلك العجوز؟ هل حقاً أصبحت كياناً منفصلاً عني؟

- تلك العجوز لا تمتلك أي دليل.. كيف لك أن تصدق كلامها؟ ربما لم تكن بشرية، أعني ماذا إن كانت المراقب؟ الحل الوحيد لكي تخرج هو أن تجد الحجر، الخط الذي يفصل ما بين الحقيقة والخيال طويل وليس بقصير، وكما قالت: "لك عليك أن تصدق قلبك".

كان قلبي يقول لي إن منقذي الوحيد هو الحصول على ذلك الحجر. وقفت والدتي ورمت صحناً على الطاولة.. استطعت أن أسمع كلامهما.. كانا يقولان: "متى سوف تخبريه الحقيقة؟ إنه على وشك أن يدخل الخامسة عشرة.. قدره

يقترب بسرعة نحوه ولن نستطيع إيقافه. إن لم تخبريه أنت فأنا من سوف يقوم بإخباره.

- لا، لن أجعلك تفعل هذا، أريده أن يعيش حياة طبيعية كغيره من الصبيان الذين في عمره.

- أنت تعلمين جيداً أنك لن تستطيعي أن تحميه، مجرد وقت قبل أن تختفي من هذا العالم.

- نعم، أنت محق، لا أستطيع حمايته، ولكني أعرف الشيء الذي يستطيع أن يحميه.

- لا تقولي.

- نعم الحجر.

- ولكني ظننتُ أنكِ قد رميتِه.

- لا.. أنت مخطئ، لقد أعطيته لأختي. اسمع جيداً، أنا أحبك وأرغب بمساعدتك.

- ولكني...

- ولكنك لا ترغب بمساعدة ابنك.

- لا تقولي إنه ابني! أنت تعلمين أنه ليس كذلك.

- إذاً أظنُّها النهاية.

- لا تقولي هذا، ما زلت...

- أنت تكذب.

ساد الصمت لدقائق.

- إذاً سوف أخبرك بما يجب علينا فعله: سوف نقوم بصنع مسلسل درامي قصير، ألا وهو أني سوف أقوم بإحضار إحدى الفتياتِ إلى المنزل، وسوف أقول لكِ إنها زوجتي، بالطبع أنت سوف تغضبين وتقومين بالرحيل إلى منزل أختك، تعلمين جيداً سوف يجدنا المراقب، وهو الآن قريب جداً من هذه المدينة. لا بد أنه علم أين نعيش.. عليك حينما يبلغ الخامسة عشرة من عمره...

ثم بدأت بالبكاء.

- ماذا عنك، سوف يقتلك؟

- لا عليك، هل السكين ما زالت معك؟

- نعم إنها مخبأة تحت وسادته.

توجَّهت إلى غرفتي وقمت بتتبعها حتى وصلنا إلى سريري. وضعتِ يدها تحت السرير وأخرجت سكيناً صفراء اللون. لم أصدق ما رأيت، إنها نفس السكين التي أخذتها من المخزن. قامت بإعطائه السكين: لن تستطيع قتله ولكنك على الأقل تستطيع أن تجرحه.. كان حقاً حلماً غريباً.

الفصل السادس والعشرون
أول حب

استيقظت على أصوات أناس يتحدثون فنهضت. كانت الساعة السابعة، توجهت نحو الفراش وأخرجت حقيبة من تحته، وقبل أن أقوم بفتحها قام أحد بفتح الباب. أعدت الحقيبة مكانها.. كان عليّاً، وقال لي:

- سوف تأتي مجموعة من المدراء التنفيذين لزيارتك.

- متى سوف يأتون؟

- بعد ساعتين، كنا نبحث عنك، لم أتوقع أن أجدك هنا.. هذه هي بدلتك.

لبست البدلة ونزلت.. التحضيرات هذه المرة كانت أقل من السابق. بعد ساعة دخلت زوجتي بفستانها، عانقتني وقالت: أين كنت؟

- كنت في الغرفة.. من هؤلاء الأشخاص الذين سوف يأتون لزيارتي؟

- إنهم أهم مدراء أكبر شركات في العالم، معظمهم سبق أن عملت معهم.

فتحت الأبواب ودخل خمسة أشخاص؛ أربعة رجال وامرأة. تقدمت زوجتي وولدي وقاموا بتحيتهم. تحولت نظرات المدراء إلى ابتسامة وتوجهوا نحوي. كانت المرأة تتوسط الرجال وكانت أجمل امرأة رأيتها في حياتي.. كانت أشبه بحورية بحر خرجت من الماء، فستانها مرصَّع بالمجوهرات، شعرها أصفر كالحرير، تضع مساحيق تجميل خفيفة، بشرتها ناصعة البياض، جسدها مثالي من دون عيوب، كأنها نحتت من قبل نحات. أظن أنها كانت في الأربعين من عمرها. صافحت الرجال وقمت بمصافحتها، كانت تحدق بي مباشرة. بدأنا بالتكلم عن أمور الشركات وعن الأحداث الأخيرة التي حدثت في العالم وعن التوقعات المستقبلية بشأن الاتحاد، حتى إننا تكلَّمنا عن العمدة ومن المحتمل أن تكون هذه السنة هي آخر فترة رئاسية له، والسبب يعود إلى الفساد المنتشر في البلاد.

كان الجميع يدخن السجائر والهواء ملوث لدرجة أنه أصبح شبيهاً بالضباب. قامت المرأة بإمساك يدي **وقالت:** هيا، لنخرج ونستنشق بعض الهواء النظيف.

توجهنا إلى الحديقة، كانت رائحة عطرها تنتشر بسرعة.

- قبل أشهر كنت على وشك أن انتحر ولكن حينما سمعت خبر عودتك إلى الحياة أبعدت نهائياً فكرة الانتحار.

قلت: هل كنا على علاقة في السابق؟

- لقد كنا مخطوبين.

- متى حدث هذا؟

- قبل الحادث بشهر.. كنت سكرتيرتك الخاصة.

- هل زوجتي تعلم هذا؟

- لا، إنها لا تعلم، بل إن علاقتكما لم تكن قوية. كانت تقضي معظم وقتها خارج المنزل، وكانت تسافر لمدة أشهر. كان كل شخص لديه حياته الخاصة.

- لقد أخبروني أنها كانت على علاقة مع...

- نعم، وما زالت حتى الآن على علاقة معه... إنها لا تهتم بأمرك.. إنه الوقت المناسب لكي تتخلص منها.

كان قلبي يحدثني ويقول لي كل ما تراه أمامك ليس حقيقة. من جهة أخرى كان عقلي يقول لي إن كل شيء أمامك حقيقي. تبعت كلام العقل **وقلت لها**: هل تريدين أن نذهب إلى فندق؟

نظرت إلى الأسفل **وقالت**: حسناً.

- انتظريني هنا، سوف أذهب لجلب حقيبة مهمة من المنزل، وبعدها سوف أعود.

أخرجت الحقيبة ودخلت نور الغرفة **وقالت**: لقد رأيتك مع السيدة كوين.

- هذا هو اسمها؟

- عليك أن تبتعد عنها.. سمعت أنها كانت تعمل لدى الشرطة.

- لا يهمني، لقد مللت من الاستماع لحديثك! سوف أخرج من هنا الآن.

حملت الحقيبة وخرجت من المنزل وتوجهت نحو السيارة. كانت كوين في انتظاري وقبل أن أدخل انفجرت السيارة! دفعني الانفجار إلى الخلف بقوة وسقطت على الحشائش. خرج الجميع من المنزل. كانت السيارة تشتعل وشعرت بالحزن والدهشة. عانقتني زوجتي **وقالت**: ما الذي حدث؟

قلت لهم: السيدة كوين كانت في السيارة! عليَّ الاتصال بالشرطة.

بعد دقائق أصبح القصر ممتلئاً برجال الشرطة.. تقدَّم المفتش وصافحني، وشرحت له ما حدث... سألني كثيراً من الأسئلة، وبعدها تبين أن محرِّك السيارة كان يسرب الوقود وعلى ما يبدو أن السيدة كانت تدخن ولهذا السبب انفجرت.

غادر رجال الشرطة ودخلت القصر، وبدأت أسمع الضيوف وهم يتحدثون عما حدث، وأني لربما كنت السبب في مقتلها. شعرت بالحزن لأنها أول فتاة أقع في حبها. غادرت إلى غرفتي، كانت نور واقفة بالقرب من السلالم، **قلت لها:** هل أنت سعيدة بالعيش في هذا العالم الممتلئ بالأحداث والشخصيات الغريبة؟

قالت لي: حتى الشخص الذي يمتلك كل شيء ليس سعيداً، عليك أن تتأقلم.

قلت لها: لا أريد أن أتأقلم، أريد أن أخرج.

الفصل السابع والعشرون
بدء التنفيذ

في الصباح الباكر جهزت الحقيبة وتوجهت نحو السيارة. ذهبت إلى عنوان لقائنا السابق، ووصلت إلى المستودع، وهذه المرة كان الجميع ينتظرني في الخارج.

تقدم رقم سبعة **وقال:** هل أنت مستعد؟

- الشيء الموجود في هذه الحقيبة يكفي لأن يقتل الجميع.

ابتسم **وقال:** تعجبني ثقتك.. خذ هذه الخريطة.. إنها نسخة من خريطة القصر، هل ترى الخط الأصفر؟ إنه يمثل طريقك، اتبعه حتى تصل إلى غرفة العمدة الخاصة، وجهاز الراديو هذا؛ إنه أهم من مسدسك أو حقيبتك. نظر إلى ساعته ثم **أردف:** سوف يستيقظ بعد ساعتين.

انطلقت مجموعتان؛ المجموعة الأولى كانت تركب سيارة حمراء والمجموعة الثانية كانت تركب شاحنة سوداء. وصلنا

إلى البناية القديمة التي كانت تطل على الجهة اليسرى من منزل العمدة. منزله يكاد يكون أكبر منزل ريفي ضخم محاط بسياج حديدي ضخم. ترجلنا من السيارة ودخلنا، توجهنا إلى الطابق الرابع الذي كان أشبه ما يكون بمقبرة مملوءة بالفئران، بقي رقم اثنان في الشاحنة المحمولة بالأجهزة.

- إذاً كل شخص يعرف دوره في هذه العملية، لا أريد الفشل. **نظر إلي:** أطلق النار من دون خوف.. انظر إلى عيني فريستك. والآن رقم واحد ورقم ثلاثة.. انطلقا! ثم التفت إلي **قائلاً:** حينما ينهيان مهمتهما سوف تبدأ مهمتك.

بعد دقائق ورد اتصال على أجهزتنا اللا سلكية من الرقم واحد.. **قال:** تم التخلص من الحاجز الأول.. بعدها بثوان ورد اتصال من الرقم اثنين: سقط الحاجز الثاني.

- رقم اثنان هل اخترقت كاميرات المراقبة؟

- فقط ثوان، يبدو أن النظام قد حُدِّث.

- هل تستطيع اختراقه؟

- إني أحاول.. نعم، لقد استطعت اختراقه.

أمسك بكتفي **وقال:** إنه دورك الآن، انطلق!

حسناً إذاً، يبدو أن الوقت قد حان.

تحركتُ متجهاً إلى الطابق الأول، وأخرجتُ البدلة من الحقيبة. خلعت ملابسي ما عدا التحتية، ولبست البدلة السوداء، ووضعت السكين في جيبي الأيسر والمسدس في الجيب الأيمن. لم أكن أمتلك جيباً آخر لحمل جهاز الإرسال، لهذا أمسكته بيدي. حتى الآن لم أكن أعلم كيفية عمل هذه البدلة. تسلَّلت إلى الخارج ببطء، وبدأت بتتبع الخط الأصفر، واجتزت السور بسلام، وكذلك الفناء الأمامي من دون أيِّ صعوبات. كانت المهمة سهلة ولكني بدأت أسمع أصوات نباح.. نظرت خلفي فإذا بكلب ضخم ذي لون أسود يركض باتجاهي.

تحدثت بالجهاز وقلت: أو لم تتخلصوا من الكلب؟

رد رقم واحد: ظننت أنه يوجد كلبان فقط.

قال رقم سبعة: يبدو أنهم قد اشتروا كلباً جديداً.

- ما الذي يجب علي أن أفعله؟

- قم بإطلاق النار عليه.

- لم يسبق لي أن قتلت حيواناً.

- إن لم تستطع أن تقتل كلباً فلن تستطيع أن تقتل العمدة، اعتبره بمثابة تدريب. إذا قتلت مرة فإنكُ سوف تقتل مرتين وثلاث، وفي كل مرة تقتل فيها سوف تشعر بسعادة وفخر. اضغط على الزناد.

أصبح الكلب على بعد أمتار قليلة مني، أخرجت المسدس وأغمضت عينيّ وأطلقت النار، ولكن الطلقة الأولى لم تصب مكاناً قاتلاً في جسده بل أصابت رجله. سقط الكلب على الأرض ولكنه نهض وهذه المرة كان يبدو أشد غضباً. نظرت إلى عينيه وأدركت أنه لا يرغب بعضي فقط، بل يرغب بتقطيعي. أطلقت ثلاث رصاصات نحوه؛ أول طلقة أطلقتها لم تصدر صوتاً، ولكن الطلقتين أصدرتا صوتاً كاد أن يصم أذني. سقط الكلب على الأرض وهو مغطى بالدماء. كان يلهث بسرعة وبدأ تنفسه يضعف إلى أن فارق الحياة.

قال رقم ستة: ألا يمتلك مسدسك كاتماً للصوت؟

نظرت إلى فوهة المسدس وقلت: لقد تعطل الكاتم.

رقم ثلاثة: أخبرني ما الذي يحدث في الداخل؟ هل استيقظ العمدة؟

- لا أظنه قد استيقظ أنا الآن بالقرب من غرفته وأظن أن صوت شخيره قد تفوق على صوت الطلقة.

قال رقم اثنان: نعم، إنه محق. إنه لم يغادر الغرفة.. ماذا؟ ماذا؟ شارع؟ لحسن حظنا أنه لم تمر سيارة على الطريق الثالث منذ قدومنا.

تجمَّدت في مكاني...

قال رقم ثلاثة: ما الذي تنتظره؟ هيا تحرك!

بدأت أتحرك ببطء بخطواتي المبعثرة. دخلت القصر عن طريق الباب الخلفي المخصص للخدم. يبدو أن رقم واحد واثنين تخلصوا من الجميع. كنت فقط أسمع أصوات خطواتي وهي تلامس الأرضية. توجهت إلى الطابق الثاني وكانت غرفة العمدة تقع في آخر الرواق.. سمعت صوت شخص **يقول لي:** توقف، من تكون؟ تسارعت نبضات قلبي. نظرت إلى الخلف ورأيت أحد الحراس وكان يحمل في يده مسدساً، قام بتوجيه المسدس نحوي، وقبل أن يضغط على الزناد اخترقت رصاصة جمجمته وسقط على الأرض، تفاجأت، فُتَحَ جهاز الإرسال ولم يجبني أحد، توجهت إلى الغرفة وأخرجت المسدس من جيبي ووضعت الجهاز في الجيب.. كانت قبضتاي تضغطان على المسدس. دفعت الباب وكان العمدة رجل يرتدي حذاءه.. نظر **إلي وقال:** من تكون؟

سمعت صرخات صادرة بالقرب من السرير.. كانت امرأة، وجهت المسدس نحوها **وقلت:** من تكونين؟

الفصل الثامن والعشرون
انحراف في الخطة

قال العمدة: أرجوك لا تقتل زوجتي، هي كل ما أملكه.

- زوجتك، لم يخبرني أحد عن أي زوجة. أخرجتُ جهاز الإرسال: هل يسمعني أحد؟

لم يجبني أحد في تلك اللحظة كانت زوجة العمدة تبتعد إلى الخلف ببطء حتى وصلت إلى خزانة.. **قلت لها:** ما الذي تفعلينه؟

- لا تقتلني أرجوك!

- ابتعدي عن الخزانة!

ابتعدت واندفع العمدة باتجاهي ورمى جسده الثقيل علي وسقطت على الأرض، أفلت المسدس من يدي، **قال العمدة:** هي، خذي المسدس.

نظرت إلى المسدس فإذا به بالقرب من زوجته. ضغطت على أحد الأزرار الموجودة في البدلة فصعق العمدة بشحنة كهربائية دفعته إلى الخلف.

- ما الذي فعلته بزوجي؟

نظرت إليها وأدركت أن نهايتي قد حانت.. كانت ممسكة بالمسدس.. رفعت يدي إلى الأعلى **وقلت لها**: هناك ستة رجال آخرين يحاصرون المنزل، لن تستطيعي أن تخرجي أنت وزوجك على قيد الحياة، أنا الوحيد القادر على إخراجكما من هنا.

- ولماذا أصدق كلام قاتل؟

- لأنه لا يوجد خيار آخر أمامك. أنزلتُ المسدس ببطء من يدها... **قلت لها**: نعم هذا أفضل.

نهض العمدة **وقال**: ما الذي تفعلينه؟ هيا أطلقي عليه!

- ولكنه قال إنه يوجد رجال آخرين في المنزل.

- وهل صدقت كلامه؟ أخرجي مسدسي من الخزانة وألقيه باتجاهي.

أخرجت مسدساً ذهبي اللون ورمته نحوه.. أمسك العمدة بالمسدس **وقال**: يبدو أنك الآن من أصبح الفريسة، أراك في الجحيم!

الفصل التاسع والعشرون
كشف الحقيقة

سقط العمدة على الأرض بعدما اخترقت رصاصة جمجمته. نظرت إلى الخلف وكانت زوجته ممددة الأرض وغارقة بالدماء بعد أن قامت الرصاصة باختراق بطنها، وما هي إلا لحظات حتى فارقت الحياة. توجهت إليها وسمعت صوتاً يقول: ابتعد عنها. كان رقم خمسة.

قلت له: لم أتوقع أن تكون هذه هي مهمتك.. ألهذه الدرجة لا تثقون بي؟

- تصحيح، نحن نثق بك ولكن يبدو أنك لم تفهم دورك.

- هل تعني أني كنت طعماً.

- نعم بالطبع.. كنا نراقبك منذ لحظة استيقاظك.. أرسلنا تلك الفتاة لكي تقتلك ولكنها فشلت، كانت أمامنا الكثير من

الفرص لقتلك، ولكن رقم صفر كان لدية فكرة أذكى ألا وهي أن نقتلك هنا باستخدام هذا المسدس الذهبي.

- إذا تريدون أن تورطوني بجريمة قتل العمدة وزوجته.

- لسنا بهذا البخل، هناك جريمة أخرى، أعني الجريمة التي حدثت بالأمس كانت مجرد تمثيلية.

- قالت الشرطة إنها حادثة.

- حينما كنت في غيبوبة قمنا بأخذ تفاصيل وجهك وصنعنا قناعاً يشبهك تماماً، ولا داعي لأن أخبرك من يكون الشخص الذي صنع القناع، وألبسناه لأحد أتباعنا وأرسلناه بالأمس إلى الحفلة لكي يضع قنبلة في السيارة. وهل تعلم ما المضحك؟ أننا كنا نصور، وأرسلنا الشريط إلى مقر الشرطة عن طريق بريد مستعجل.

- لماذا قمتم بقتلها، ألهذه الدرجة ترغبون بالتخلص مني؟

- ومن قال إنها ماتت؟! إنها مجرد ممثلة، والمدراء التنفيذيون مجرد ممثلين، وزوجتك أيضاً لم تكن تحبك ولم تكن تثق بك، حتى أبناؤك، أظنك تعلم هذا؟ ولكن ما لا تعلمه أن تلك الفتاة نور هي العقل المخطط لهذه الجريمة، إنها رقم صفر.

- من نور؟

أخرج جهاز الإرسال من جيبه وضغط على زر تشغيل.. نعم إنه محق.. كانت نور تتحدث.

- أنا هي الرقم صفر.. لقد فعلت.

- لماذا كذبتِ عليّ؟

- فعلت كل هذا من أجل أن أنتقم منك.. كنت كاذبة معك في كل شيء ما عدا شيء واحد، ألا وهو أني ابنتك. حينما استيقظت عقدت صفقة مع زوجتك واستأجرت إحدى الفتيات لكي تقضي عليك ولكنها فشلت، ولحسن حظي أن رقم ستة هو زوج أمي، والآن أظنها النهاية. سعدت بالحديث معك.. أطلق عليه النار.

ضغط رقم خمسة على الزناد ولكن الرصاصة مرت من خلالي وبدأت أتحول طيفاً من جديد.

- ماذا حدث؟ هل قتلته؟

- لا، لا أستطيع أن أقتل شبحاً.

فتحت عيني وهذه المرة كنت في منتصف مكان مظلم، خرج ولد ذو شعر أشقر وهو يرتدي زياً مدرسياً.. نظر إليّ وقال: كنت محظوظاً لأني استعدت الاتصال بك، لولا الشريحة التي وضعتها لكنت بلا شك قد مت.

- هذه أنتِ أيتها المرأة الآلية؟

- نعم.

- شكراً لكِ على إخراجي من ذلك العالم المجنون... كم يوماً غبت؟

- اختفيت لدقيقة واحدة فقط.

- ولكني قضيت أشهراً في ذلك العالم.

- نعم، كل عالم له زمن مختلف.. الآن دعنا نعود.

عدت إلى 2100، وكانت المرأة الروبوت بالقرب مني. **قالت:** يبدو أنك استعدت مظهرك الشاب.. هيا، اتبعني.

ذهبنا إلى وسط الغرفة.. توقَّفت عن الحراك.. كانت فيها فقاعة محجوز في داخلها المراقب.

- تستطيع أن تتلاعب بالزمن في أي مكان ما عدا هنا. هذه المدينة جزء مني.

اقتربت منه وقلت: من تكون يا هذا؟ لماذا تلاحقني؟ ما هي علاقتك بجدي؟ وأين أخذت والدتي؟

ابتسم **وقال:** لماذا تظن أني أمتلك إجابات على أسئلتك؟ اندفعت شحنة كهربائية من الفقاعة لكنها كانت من دون فائدة.. كان جسده مضاداً للكهرباء. **أردف:** هل تعتقدين أني لا أستطيع الخروج من هنا؟ (بدأت الفقاعة بالتشقق تدريجيا).. لربما تتحكمين بجميع الأشخاص الموجودين في

هذه المدينة، ولكن لن تستطيعي أن تتحكمي بي؛ لأني لا أنتمي إلى هذا العالم. تحطمت الفقاعة واندفعت الآلية بسرعة نحوه ولكنه استطاع أن يوقف الزمن. اقترب نحوي وقال: تريد الحقيقة؟ نَزعَ العباءة. هذه هي الحقيقة يا حفيدي.

- كما توقعت.. إنه أنت، لماذا تريد أن تصبح خالداً؟

- أخبرني، هل تعلم ما هو الخلود؟

- الخلود هو حينما تعيش إلى الأبد، حينما تجرب كل شيء، حينما تشاهد حضارات تختفي وحضارات تزول، حينما ترى طفلاً يصبح شيخاً، وزهرة جميلة تصبح قبيحة... مهما عمل الإنسان وأنجز طموحه وأشبع غرائزه فإنه في نهاية الأمر سوف يموت.

-تريدون أن تموتوا لكي تذهبوا إلى الجحيم أو الجنة.. هذا هو قدركم أيها البشر. إن قدري هو أكبر بكثير، لقد تجاوزت مرحلة المخلوق، أنا الآن ربُّ جميع المخلوقات التي تُساق من قبل القدر، وأنا قدرك، لا أحد يستطيع أن يهرب من القدر.

الفصل الثلاثون
المعركة الأخيرة

نظر إلى وجهي: إذاً هذه هي معركتنا الأخيرة. (تجمَّدتُ).. لا تخافوا أن تسلكوا طريق الموت، كل شخص سوف يمر بهذا الطريق.

سقطتُ على الأرض وانتقلت إلى عالم الأموات. كان مكاناً مليئاً بالأرواح، كانت تأتي من كل مكان، كان معظمها يبكي لأنها تعرف أن مصيرها الجحيم. كنت غريباً عن المكان لأني لم أكن روحاً، بل مجرد جسد بشري.. كانت الأرواح تمر من خلالي وكان جسدٌ آخرَ يتقدم نحوي.. إنها خالتي.

- لقد أتيت أخيراً إلى هذا المكان؟!

- كيف استطعتِ أن تصلي إلى هنا؟

- هل تتذكر الأصوات التي كنت تسمعها حينما كنت في منزلي؟ تلك الأصوات كانت أصوات الأرواح، استطعت بفضلهم أن أصل إلى هنا.

- أخبريني كيف يمكنني الخروج من هذا المكان؟

- تحتاج استخدام الحجر.

- لكنك أنت من أخذه.

- لا، إنه ما زال موجوداً.. إنه في قلبك.. الأرواح لا تستطيع أن تتمنى هنا، ولكن نحن نستطيع. كل ما عليك فعله هو أن تتخيل الحجر.

- هل أستطيع أن أتمنى أمنيتين؟

- تقصد أمنيتك الأخرى أن تستعيد والدتك. إذا أردت استعادتها يجب أن تعود إلى عالمك.

- حسناً.

أغمضت عيني، وتمنيت أن أحصل على الحجر، لم يحدث شيء.

- إيمانك ما زال ناقصاً، الإيمان يخرج من القلب وليس من العقل.

- حسناً.

أخذت نفساً عميقاً، تخيَّلت ما سيحدث لأمي عندما يختفي إلى الأبد. تخيلت المستقبل الذي الذي أنا. سوف يختفي حلمي الذي سوف يسلب. شعرت بشيء في يدي.. عندما تتوحد الروح والقلب، يولد بطل جديد.

- افتح عينيك. (كنت أحمل الحجر).. هناك طريقة واحدة لقتله وهي أن تستخدم هذه. أخرجَت سكيناً من جيبها، أخذتها وبدأت بالتلاشي مجدداً.

- أنت مجرد، هذا مكان مخصص للأرواح وأنت جسد..

وقفتُ أمامه: كم مرة يجب عليَّ أن أقتلك؟ قلتَ إنك ربٌّ، ولكن الرب لا يمتلك نقاط ضعف، ولكن أنت تمتلك نقطة ضعف.

- إذا أخبرني ما هي نقطة ضعفي؟

أريته السكين: هذه هي نقطة ضعفك.

- يبدو أن هناك شخصاً قد ساعدك! سوف أحرص هذه المرة على أن أُقطِّعك.

تحولت يداه إلى مخالب. **قلت له:** سأرسلك إلى عالم لا يمكنك الهروب منه.

تحول المراقب إلى دخان وبدأ يغطي المكان..

- لا يمكنك قتلي على هذه الهيئة.

بدأ الأكسجين يقل.. كنت أفقد تركيزي..

- إنها نهايتك.

سقطت السكين من يدي وعاد إلى هيئته الطبيعية: سأقطع جسدك. كانت مخالب يده أقوى من أسنان القرش، وقبل أن تقترب يده مني قام شخص بطعنه بالسكين من الخلف، فسقط على الأرض. بدأت يده تتحول تدريجياً إلى صخرة. كانت الآلية.

- ظننت أنَّكَ مُعلِّمي، لكني كنت مخطئة. أنت مجرد مخلوق سرق جسده. لا أستطيع أن أصدق كيف أمكنك اختراق زمن خاص بي.

- ألم أخبرك أن هذا المكان جزء مني؟

الفصل الحادي والثلاثون
النهاية

توقف المراقب عن الكلام وتحول إلى تمثال.

قالت الآلية: سأحرص على وضع هذا التمثال تحت حراسة مشددة.

قلت لها: شكراً لكِ.

- ذلك الشخص لم يكن مُعلِّمي، كان مخلوقاً مليئاً بالطموح والطمع... أراد أن يعيش للأبد، لا يوجد مخلوق له الحق أن يعيش إلى الأبد.

بدأت بالتلاشي مرة أخرى. أعطيتها الحجر **وقلت لها:** يبدو أنني لست بحاجة له بعد الآن.

ابتسمت **وقالت:** إننا سنلتقي مرة أخرى.

لقد رأيت المستقبل، كنت مستلقياً على سريري في غرفتي.

نظرت إلى المرآة وكنت قد عدت إلى هيئتي الطبيعية، مجرد

صبي مراهق. سمعت صوت والدتي وهي تقول: "هل استيقظت؟".

خرجت من الغرفة ورأيت والديَّ جالسين إلى طاولة الطعام. أدركت أنه يوم الثلاثاء.. لقد عدت إلى زمني، عانقت والدي ووالدتي.

قال والدي: هل أنت مستعد لعيد الميلاد؟

- عيد ميلاد من؟

- عيد ميلادك السابع عشر!

تمَّت